KB045861

좋은 아침입니다

리오는 검을 멈추고 자매에게 인사했다.
그러나 두 사람은 눈만 동그랗게 뜨고 서 있었다.

정령환상기

「리제롯테도 긴장한 거야?」

「네? 아, 네, 그런가 보네요」

히로아키는 흐흥, 하며 기분 좋게 웃었다.
리제롯테도 마음이 있다고 생각했기 때문이었다.

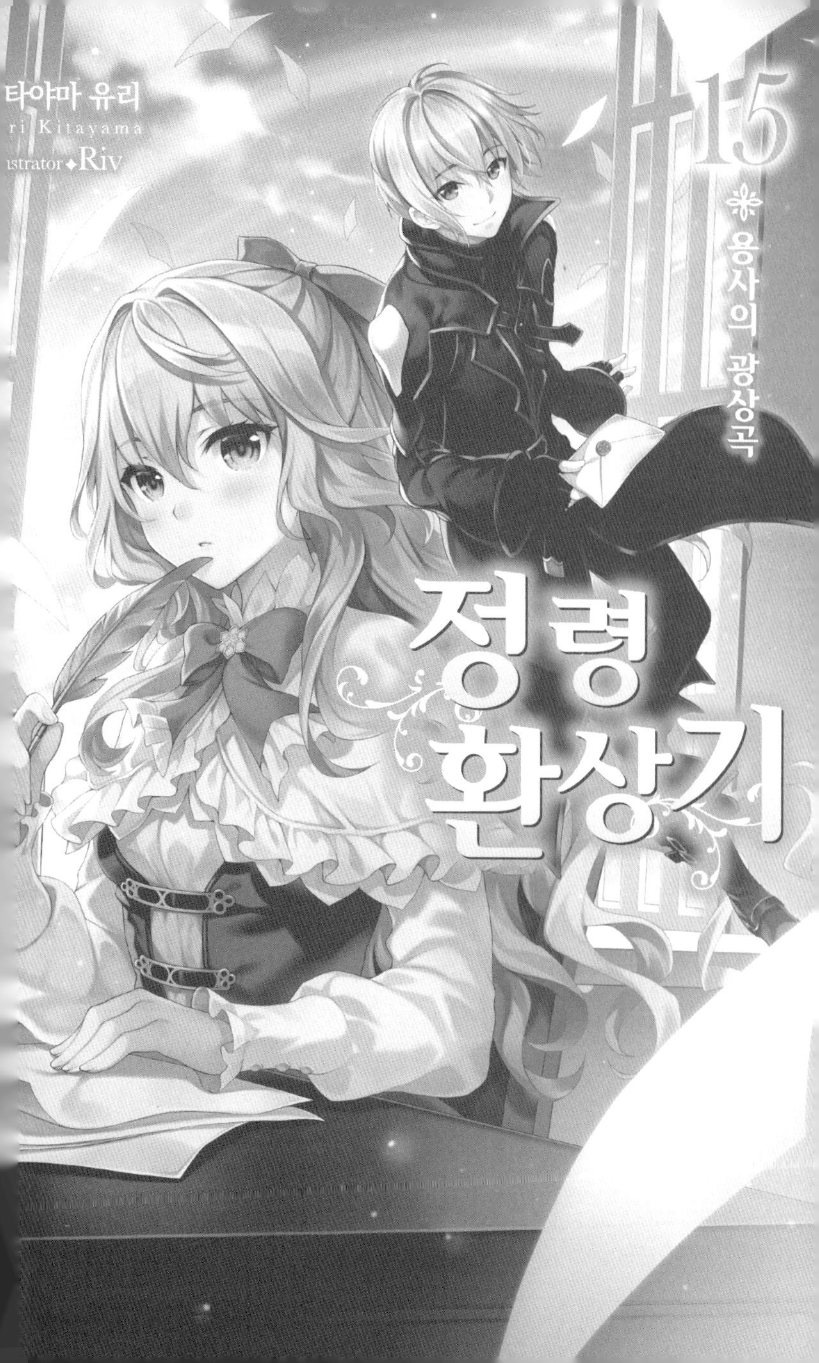

타야마 유리
ri Kitayama
strator ◆Riv
15
용사의 광상곡
정령 환상기

커버 및 본문 일러스트_ Riv

CONTENTS

❖

플로라
벨트람

벨트람 왕국 제2 왕녀
현재는 용사
사카타 히로아키와
함께 움직인다

크리스티나
벨트람

벨트람 왕국 제1 왕녀
동생인 플로라를
뒤에서 걱정한다

로아나
폰테인

벨트람 왕국의 귀족 영애
플로라의 수행원으로
함께 움직인다

사카타
히로아키

이세계 전이자이며
용사 중 한 명
유그노 공작을
뒷배로 움직인다

시게쿠라
루이

이세계 전이자인
고등학생
벨트람 왕국의
용사로 움직인다

키쿠치
렌지

이세계 전이자이며
용사 중 한 명
국가에 소속되지 않고
모험가로 지냈는데……

리제롯테
크레티아

가르아크 왕국의 공작
영애이자 리카 상회 회장
전생은 고등학생인
미나모토 리카

아리아
거버네스

리제롯테를 모시는
시녀장이자 마검술사
세리아와는
학생 시절부터 친구

스메라기
사츠키

이세계 전이자이며
미하루 일행의 친구
가르아크 왕국의
용사로 움직인다

실비
루비아

루비아 왕국의 제1 왕녀
왕족이자 공주기사라는
이명을 가진 무인

레이스

거듭 암약하는
정체불명의 인물
계획을 어그러뜨리는
리오를 경계한다

루시우스

리오의 어머니를
살해한 남자
용병단 '천상의 사자'를
지휘한다

리오(하루토 아마카와)

어머니를 죽인 원수에게 복수하기 위해
살아가는 이 작품의 주인공
벨트람 왕국이 지명수배를 내려 가명인 하루토로 활동 중
전생은 일본인 대학생 아마카와 하루토

아이시아

리오를 하루토라고
부르는 계약 정령
희귀한 인간형 정령이지만,
본인의 기억은 애매모호

세리아 크렐

벨트람 왕국의 귀족 영애
리오의 학원시절 은사인
천재 마도사

라티파

정령의 마을에 사는
여우 수인 소녀
전생은 초등학생인
엔도 스즈네

사라

정령의 마을에 사는
은늑대 수인 소녀
리오 곁에서 바깥 세상
견문을 넓히는 중

아르마

정령의 마을에 사는
엘더드워프 소녀
리오 곁에서 바깥 세상
견문을 넓히는 중

오피아

정령의 마을에 사는
하이엘프 소녀
리오 곁에서 바깥 세상
견문을 넓히는 중

아야세 미하루

이세계 전이자인 고등학생
하루토의 소꿉친구이며
첫사랑인 소녀

센도 아키

이세계 전이자인 중학생
이부남매인 하루토를
미워한다

센도 마사토

이세계 전이자인 초등학생
리오에게 미하루, 아키와
함께 보호받는다

등장인물소개

〖 프롤로그 〗 ❋ 리제롯테의 우울

가르아크 왕국 남서부, 교역 도시 아망드. 크리스티나와 플로라가 실종된 지 열흘이 지난 오전.

리제롯테 크레티아는 대관 사저의 응접실에서 레스토라 시온의 사자로 방문한 로아나가 준 서간을 받았다. 방 중앙에 있는 응접 의자에 앉아 유그노 공작이 쓴 서간을 읽었다.

리제롯테와 용사인 사카타 히로아키의 약혼을 타진하고 싶다는 내용이었다. 히로아키가 부인들에게 서열 매기기를 싫어해서 순위에 의미는 없다고 강조했지만, 대외적으로 제3 부인으로 맞이하고 싶으며 시급히 가르아크 왕성으로 사자와 동행해 히로아키와 맞선을 보길 바란다고 적혀 있었다(제1 부인 후보는 가르아크 왕국 제3 왕녀인 로잘리이며 제2 부인 후보가 로아나라는 것도 적혀 있었다).

서간을 끝까지 읽은 리제롯테의 머릿속에 제일 먼저 이런 생각이 떠올랐다.

'……어떻게 거절하지?'

나오려는 한숨을 참고 앞에 앉은 로아나를 엿봤다. 유그노 공작의 사자로서 서간을 가져온 로아나는 눈을 감고 바른 자세로 소파에 앉아 리제롯테가 서간을 다 읽기를 조용히 기다렸다.

'맞선자리는 가르아크 왕성. 서간을 보낸 사람은 유그노 공작이지만, 프랑수아 폐하의 서명과 날인이 있으니 폐하의 부름이나 다름없어. 유그노 공작이라서 이런 데는 빈틈이 없구나.'

한 나라 명문가의 영애에게 혼담을 제안하려면 당연히 국왕의 허락이 필요한데, 리제롯테 본인보다 국왕에게 먼저 정식으로 이야기를 꺼내 선수 쳤다. 이렇게 혼담을 제안받은 시점부터 리제롯테는 선수를 빼앗겼다고 볼 수 있었다.

'내 혼인의 자유는 폐하도 인정하셨는데……'

동맹인 레스토라시온의 존속이 위태로운 상황에서 국왕 프랑수아가 어디까지 리제롯테의 자유를 존중할지 알 수 없었다.

레스토라시온이 거점을 둔 로던 후작령은 가르아크 왕국과 국경을 접하고 프로키시아 제국을 엄중히 감시할 수 있는 위치에 있었다.

가령, 레스토라시온이라는 조직이 사라지면 가르아크 왕국령이 프로키시아 제국과의 전쟁 전선이 될 수도 있었다. 안 그래도 벨트람 왕국 본국이 프로키시아 제국과 사이를 공고히 하는 지금, 가르아크 왕국은 레스토라시온이 건재하여 유사시에는 방파제가 되어주기를 원했다.

특히 크레티아 공작령은 국경 부근에 있어서 왕가가 가르아크 왕국 서쪽 국방을 맡겼으니 이해관계도 컸다. 전시

전선이 자국이 되느냐, 타국이 되느냐는 중요한 문제였다.

'이대로라면 레스토라시온의 거취가 위태로운 건 사실이야. 내가 약혼자 후보로 지명된 경위도 모르는 지금, 폐하의 의사도 불분명한데 낙관할 수는 없어.'

리제롯테는 냉정하게 추측했다.

확인해야 했다. 국왕 프랑수아가 동맹의 용사인 히로아키의 면을 세우고 최소한의 협력적인 태도를 보이려고 리제롯테를 부른 것인지, 아니면 생각보다 상황이 나빠서 적극적으로 협력하는지를······.

'이렇게 된 이상, 얼굴도 내밀지 않고 혼담을 거절하는 건 악수야. 내가 가르아크 왕성에 가는 수밖에 없구나. 일이 귀찮아졌어, 정말······.'

리제롯테는 한숨을 내쉬고 싶은 충동을 꾹 참았다. 히로아키와의 혼담을 거절해서 높은 확률로 모가 날 것을 생각하니 마음이 무거웠다.

하지만 방법이 없었다. 상대가 누구든 리제롯테는 좋아하지 않는 사람과 정략 결혼할 생각이 전혀 없었다. 자신과 인생을 함께할 사람은 스스로 선택한다. 리제롯테는 그것을 현실로 만들기 위해 아망드의 대관이 되었고 리카 상회를 세워 자신의 처지와 영향력을 흔들리지 않게 다져왔다.

"······잘, 읽었습니다."

리제롯테는 서간에서 눈을 떼고 맞은편에 앉은 로아나를 보며 말했다.

"갑작스러운 이야기라 대단히 죄송합니다."

로아나가 공손히 고개를 숙였다.

"아닙니다. 무슨 일이 일어났는지 아니까요."

즉, 레스토라시온이라는 조직의 우두머리인 크리스티나와 플로라가 실종돼 행방이 묘연하다는 것.

왕위계승권을 보유한 왕녀가 있었기에, 레스토라시온은 타도 아르보 공작이라는 대의명분을 내세워 본국 정부를 배반했다. 지금 상황은 건물의 기둥이 사라진 격이라 조직이 이대로 와해될지도 모르는 사태였다.

레스토라시온을 이끄는 유그노 공작은 상당히 초조할 테고, 레스토라시온이 프로키시아와 벨트람 왕국 본국과의 완충재 역할을 맡아주길 바라는 가르아크 왕국으로서도 걱정스러운 일이었다.

"또 갑자기 이야기를 꺼내 정말 죄송하지만, 서간에 적힌 대로 가능한 한 빨리 저와 가르아크 왕성으로 가주시겠습니까? 일정이 있으시겠지만, 되도록 며칠 내로……."

로아나가 미안한 얼굴로 리제롯테에게 부탁했다.

"괜찮습니다. 마침 왕도에서 처리할 일이 있었습니다. 오늘 내로 출발하죠."

"감사합니다."

"감사하실 것 없습니다. 대답은, 용사님에게 직접 전해 드리면 될까요?"

"네. 히로아키 님도 그러시길 바랍니다."

"용사님이……. 알겠습니다."

리제롯테는 잠시 말끝을 흐렸지만, 흔들림 없이 고개를 끄덕였다.

'대답을 자기 귀로 직접 듣겠다는 말은, 본인도 혼담을 이용할 생각인가?'

혼담이 내키지 않으면 대답을 맞선자리에서 직접 듣는 것에 집착하지 않겠지.

"떠날 채비 하겠습니다. 그렇게 오래 걸리지는 않을 테니 응접실에서 기다려주시겠어요?"

리제롯테는 속으로 분석하며 로아나에게 물었다.

"네. 기다리겠습니다."

"종자를 방에 둘 테니 무슨 일 있으면 종자에게 말씀해주세요."

리제롯테는 방 한쪽에 대기하던 시녀 중 한 명, 나탈리를 보았다. 나탈리는 공손히 인사해서 반응을 보였다.

참고로 나탈리 옆에는 아리아와 코제트가 있었다. 나탈리에게 내린 지시는 뒤집어보면 두 사람에게 따라오라는 뜻이었기 때문에 아리아와 코제트도 리제롯테만 알아볼 수 있게 살짝 고개를 끄덕였다.

"그럼 실례하겠습니다."

리제롯테는 그 말을 남기고 자리에서 일어나 문으로 걸어갔다. 아리아와 코제트도 뒤따랐고 세 사람은 조용히 방을 나갔다.

'정말, 뭐라고 거절한담?'

복도로 나오자마자 리제롯테가 울적한 한숨을 흘렸다.

아리아와 코제트는 그런 주인을 보고 씁쓸하게 웃었다.

K 제 1 장 J ❋ 격전 후에

파라디아 왕국.

왕도에서 서쪽으로 20킬로미터 정도 떨어진 곳에 있는 농촌 부근의 구릉지대.

이 일대는 참혹했다.

지면이 깎여나가고, 솟구치고, 기이하게 변형됐다.

하지만 참상과 달리 주위에는 환상적인 광경이 펼쳐졌다.

물안개가 끼고 무지개가 걸린 하늘 아래를, 리오는 걸었다.

리오 뒤에는 루시우스의 시체가 불타고 있었다. 그리고 리오가 향하는 곳에는 엉망진창이 된 드레스를 입은 크리스티나와 열이 오른 얼굴로 의식을 잃은 플로라가 있었다.

"플로라 님은 괜찮으십니까?"

리오는 검을 허리에 찬 검집에 넣으며 크리스티나에게 말을 걸었다.

"……아, 저기, 숲속에서 독거미에 물려서, 열이 납니다."

무지개를 지나온 리오의 환상적인 모습을 멍하니 바라보던 크리스티나가 퍼뜩 정신을 차리고 플로라의 증상을 더듬더듬 말했다.

"독거미……. 디톡시파이는 시도해보셨나요?"

"네, 네. 하지만 마법으로 해독할 수 없는 독인 모양인지라……."

조금씩 냉정을 되찾은 크리스티나가 창백한 얼굴로 플로라의 용태를 설명했다.

"그랬군요……."

리오는 열 때문에 달아오른 플로라의 얼굴을 내려다보았다.

'디톡시파이는 인체에 해로운 물질을 해롭지 않은 물질로 분해하는 마법이야. 그렇다면 몸을 좀먹는 건 아마 물질적인 독이 아니라 감염이겠군. 정령술로 자연 회복력을 강화하면 나을지도 모르지만…….'

더 빠르고 확실한 회복 방법이 있었다. 그래서 리오는 그 방법을 쓰기로 했다.

"디스차지."

리오는 코트 주머니에 손을 넣고 작게 입을 움직여 주문을 외웠다. 그러자 코트 아래로 공간이 뒤틀리고 리오의 손에 작은 병 하나가 나타났다. 리오는 그것을 잡아 주머니에서 꺼냈다. 크리스티나, 그리고 **근처에 서 있는 다른 인물**의 눈에는 그냥 주머니에서 꺼낸 것처럼 보였을 터였다.

"이걸 쓰세요. 만능약이라고도 하는 강력한 매직 포션입니다. 체력 소모가 심해서 회복에 시간이 걸리겠지만, 독은 치료할 수 있을 겁니다."

리오는 크리스티나에게 병을 건넸다. 내용물은 정령의 주민이 만든 비약으로 효과는 보장했다.

"……써도 됩니까?"

크리스티나가 눈을 깜빡이더니 망설이며 물었다.

"네, 물론입니다만?"

일부러 묻는 이유를 몰라 리오가 고개를 갸웃거리며 말했다.

"가, 감사합니다."

크리스티나는 살았다는 듯한 얼굴로 감사를 표하고 리오가 준 작은 병을 받았다.

"아뇨. 그보다 크리스티나 님은 다치지……."

리오는 말하며 크리스티나의 상태를 살폈다. 먼지투성이에 너덜너덜해진 드레스 사이로 가녀린 발이 보였다. 발에 핏자국이 보여 다친 게 분명하다고 판단한 리오는 질문을 삼켰다. 가녀린 목에 마봉의 목걸이를 차서 더욱 비참했다.

"괘, 괜찮습니다. 맨발로 숲을 돌아다녔지만, 큰 상처는 아닙니다."

크리스티나는 황급히 지저분한 발을 숨기려고 했다.

"……이걸 상처에 뿌리고 남은 건 드세요. 통증이 있으면 가라앉을 겁니다. 그 목걸이는 나중에 풀어드리겠습니다."

리오는 다시 코트 주머니에 손을 넣고 작게 주문을 외워 작은 병을 하나 더 꺼냈다. 그리고 크리스티나에게 건넸다.

"저, 매직 포션은 고가품일 텐데…… 저보다 중상인 아마카와 경이 쓰십시오."

크리스티나가 피로 젖은 리오의 코트를 보고 망설이며

말했다. 그러나 리오에게는 양산 가능한 물건이라 남 주기 아까운 물건은 아니었다.

"싸우며 최소한의 지혈은 했으니 괜찮습니다. 그보다 저는 저기서 다가오는 인물을 상대할 테니 어서 본인과 플로라 님을 치료하세요."

리오는 반쯤 억지로 작은 병을 건네고 접근하는 제삼자, 즉 파라디아 왕국의 제1 왕자인 듀란을 보았다. 리오의 눈빛이 사납지는 않지만, 경계하며 허리에 찬 검으로 손을 뻗었다.

"그만. 귀공과 싸울 생각 없다."

듀란이 리오에게 다가오며 양손을 들고 싸울 뜻이 없다고 밝혔다.

"……하지만 당신은 루시우스의 동료 아닙니까?"

리오가 듀란에게 물었다. 파라디아 왕국의 왕도에서 리오에게 루시우스의 행방을 가르쳐준 사람은 듀란이었다. 이렇게 루시우스와 동행해 전투도 지켜보았다. 두 사람을 동료라고 단정하기에 충분한 상황이었다.

"같은 전장에서 함께 싸운 전우라고 할 수는 있지만, 나는 왕자고 녀석은 용병. 따지고 보면 계약 상대에 지나지 않아. 녀석이 살해당했다고 복수할 생각 없다. 이 전투를 봤으니 더욱이. 나는 그렇게 무모하지 않고 만용을 부리지도 않아."

듀란은 리오가 루시우스와 싸우며 보여준 힘이 버을랐

는지 질린 티를 내며 웃고 대답했다.

"그러면 당신은 왜 루시우스와 함께 여기 있었습니까?"

"녀석에게 귀공을 이곳으로 유도하라는 부탁을 받았거든. 왕도에서 귀공과 대면하고 관심이 생겼다. 그래서 녀석과 싸우는 걸 보고 싶었다. 구경꾼일 뿐이야. 뭐, 도와주는 대가로 왕녀 자매 중 한쪽을 받는다는 이야기는 주고받았지만."

듀란이 리오의 질문에 솔직히 대답하고 플로라에게 약을 먹이는 크리스티나를 보았다.

"두 분의 신병을 원한다?"

리오의 눈빛이 살짝 날카로워졌다.

"그건 귀공이 허락하지 않을 거잖나? 말했을 텐데. 귀공과 싸울 생각 없다고."

듀란은 태연한 태도를 잃지 않았다.

"……그럼 제가 이대로 두 분을 데려가도 문제없다고 봐도 되겠습니까?"

리오가 듀란의 표정을 살피며 물었다.

"그래, 상관없다. 그런데 교섭하지 않겠나?"

듀란이 너그럽게 고개를 끄덕이고 말을 꺼냈다.

"……무엇을요?"

리오가 의아해하며 물었다. 루시우스와 인연 있는 인물인지라 경계해야 해서 자꾸만 속셈이 있을지도 모른다고 의심하게 됐다.

"그렇게 경계하지 마. 말했다시피 저기 왕녀들은 필요 없다. 그보다 귀공, 이름이 리오라고 했지. 아니, 하루토인가?"

"리오는 이 땅에서는 대외적으로 버린 이름입니다. 하루토라고 불러주세요."

리오가 크리스티나와 플로라를 힐끗 보고 대답했다.

"그런가. 그럼 하루토. 파라디아를…… 아니, 나를 섬길 생각 없나? 나는 저기 왕녀들보다 귀공이 탐난다."

듀란이 갑자기 제안했다.

"……네?"

예상하지 못한 말이었는지 리오가 당황했다.

"나를 섬기지 않겠냐고 제안하는 거다. 돈? 지위? 여자? 무엇이든 내가 마련할 수 있는 최고를 주겠어."

듀란이 아주 진지한 얼굴로 리오를 스카우트하기 시작했다.

"……아뇨, 거절하겠습니다."

리오는 당황하면서도 딱 잘라 거절했다.

"바로 대답하지 말고 잘 생각해 봐. 갑자기 무슨 소리인가 하겠지만, 아주 진지하게 제안하는 거다. 귀공을 함정에 빠뜨릴 생각 없어. 꿍꿍이도 없다."

듀란이 끈질기게 호소했다.

"왜 갑자기 그런 이야기를……?"

대체 무엇이 목적이란 말인가?

"그렇게 생각할 법도 해. 그대시 밀인네 싱으로 가시 않겠나? 술이라도 마시며 편하게 이야기하자고."

듀란이 깊이 고개를 끄덕이며 리오에게 불쑥 다가갔다.

"……정중히 사양하겠습니다."

파라디아 왕성은 듀란의 최고 세력권이었다. 일부러 발을 들일 생각은 없어서 거절했다.

"그런 말 말고."

그러나 듀란은 억지가 셌다.

"아, 아뇨. 이야기는 여기서 듣겠습니다."

리오는 떠밀리듯 물러나며 대답했다.

"으음……. 심술궂은 녀석이군. 하지만 뭐, 어쩔 수 없지. 억지 부려서 귀공의 반감을 사는 것도 본의가 아니니."

듀란은 한숨을 내쉬고 마지못해 물러났다.

'당혹스러워.'

리오는 그제야 듀란에게 악의가 없다는 것을 알고 경계를 낮췄다.

검집에 숨긴 손을 내리고 한숨을 내쉬었다.

"그럼 하던 이야기로 돌아가지. 귀공, 나를 섬길 생각 없나?"

듀란이 열성적인 표정으로 리오에게 권유했다.

"……솔직히 루시우스와 마음 맞는 전우였다는 것에서부터 사절입니다."

여러 가지 다른 이유가 있지만, 말로 간단하게 설명할 수 없어서 리오는 그렇게 대답했다.

"흠. 나도 그 남자와 동류라고 생각하나?"

"그렇지는 않지만, 신용할 수 없습니다."

섬기지 않는다는 것은 기정사실이니 리오는 본심을 숨기지 않고 가차 없이 말했다.

"하하하. 그 남자가 몹시 미운가 보군. 귀공의 모친을 죽였으니 어쩔 수 없나⋯⋯. 그 녀석이 걸어온 길이 외도라면 내가 걸을 길은 패도다. 힘이야말로 정의이며 원하는 것은 빼앗는다는 루시우스의 가치관에 어느 정도 공감했고 나에게 폭군 기질이 있다는 것도 부정하지 않지만, 그 녀석만큼 저질은 아니야. 동류는 아니지만, 서로의 이상을 허용할 수 있을 정도로는 비슷한 사고방식을 가졌다고 할까."

기분이 상하지는 않았는지 듀란은 루시우스와 비교하며 자신을 평가했다. 마지막에는 씩 웃으며 자신에게 폭군 기질이 있다고 말했다. 요컨대 지금부터 부하로 들이려는 리오에게 자신을 어필하는 것이었다.

"⋯⋯무척 솔직하게 말씀하시네요."

만약 스카우트 시도라면 좀 더 섬기고 싶게 입에 발린 말을 해도 될 텐데, 리오는 생각했다.

"진심으로 귀공을 고용하고 싶기 때문이다. 나를 속여 귀공의 마음을 끈들, 실제로 고용한 후에는 어쩌겠나?"

"⋯⋯맞는 말이군요. 그렇다고 해도 아는 사람을 죽인 생판 남을 즉흥적으로 고용하려는 것을 어떻게 생각해야 할지⋯⋯."

듀란이 당당하게 대답하자 리오가 반박했다.

"생판 남은 아니지. 그리고 모든 이를 받아들여야 패도다. 지인을 죽인 사람이지만, 탐나는 것은 탐나는 법. 그러니까 다시 말한다. 나는 저기 있는 왕녀들보다 네가 탐난다. 나를 섬기겠나?"

듀란은 다시 리오에게 권유했다.

"제자리걸음이네요."

리오는 쓴웃음 지으며 어깨를 으쓱했다.

"귀공이 나를 섬기겠다고 하면 대화가 진전될 거다."

듀란은 웃었다.

"……영광입니다만, 왜 저를 그렇게나 높이 사십니까?"

듀란이 물러날 기미가 전혀 보이지 않아 리오는 한숨을 내쉬고 물었다.

"흐하하하. 무슨 소리인가. 단순한 이야기다. 나는 강한 자를 좋아한다. 탐이 난다. 그래서 귀공이 탐난다. 어떻게든."

"왜 강한 인재를 탐내십니까? 전하가 말씀하신 패도 때문입니까?"

패도란 즉, 힘으로 사람을 굴복시키는 것이었다. 이렇게 그의 말을 듣는 것도 듀란에게 적잖이 말려든 것이지만, 리오는 물어보기로 했다.

"그건 내 이상인데 아예 관련 없지는 않지. 나는 보다 대국적으로 사물을 볼 필요가 있다고 생각한다."

"……그 말씀은?"

"우리나라는 수많은 소국 중 하나일 뿐이기에 외교를 위해 타국에 얕보이지 않을 힘이 필요하다. 나 홀로 졸병 천명 몫은 한다고 자부하지만, 타국에도 실력 있는 자가 있을 테고 대국이 보유한 압도적인 물량에는 이기지 못해. 하여 대국인 프로키시아 제국과 동맹을 맺었지만, 프로키시아의 눈에도 우리나라는 수많은 소국 중 하나라는 것 또한 사실. 나는 그것이, 우리나라가 당하는 약자인 것을 용납할 수 없다. 국가의 미래를 생각하면 그 평판을 뒤집어야 한다. 알겠나?"

듀란이 뜨거운 시선을 리오에게 향하며 물었다.

"……타국에 얕잡아 보이지 않기 위해, 무력이 필요하다고요?"

"그렇다. 우리나라 주변에는 수많은 소국이 난립해서 언제 불붙을지 모르는 상황이다. 나는 대단한 이익도 없는데 나서서 싸우고 싶지 않지만, 배후에 있는 대국의 의도에 따라 언제 전쟁이 일어나도 이상하지 않아. 하여 나는 항상 강한 인재를 찾고 있다."

듀란은 만족스럽게 고개를 끄덕이고 자기 생각을 말했다.

"전쟁이 일어났을 때, 대화로 해결할 수 없으면 힘을 쓰는 수밖에 없다. 그 점에 관해서는 동의합니다."

다만, 듀란의 말은 충분한 이익만 있으면 나서서 전쟁을 시작할 것처럼 들리기도 했다. 그 점은 동의하기 어려웠다.

"방어전. 상대가 먼저 손대지 않는 한, 적극적으로 전쟁을 일으키지 않겠다는 건가. 하지만 인근에 수많은 나라가 존재하는데 서로 얽히지 않을 수가 없지. 거기에 강국의 의도가 더해지면 방어전이라는 약한 말은 못 하는 실정이다. 국민을 먹여 살리기 위해서라도 자국의 이익을 최우선으로 하는 것이 국가다."

"그렇겠죠……. 그래서 특정 나라와 얽이고 싶지 않습니다."

리오는 귀찮아하며 본심을 토로했다.

"크핫. 그런 힘을 가지고서 국가와 얽이고 싶지 않다니. 정도를 걷는 자인 줄 알았는데 속세를 떠나고 싶다는 말이냐. 설마 승려라도 될 셈인가?"

듀란이 통쾌하게 웃고 물었다.

"글쎄요, 어떨까요?"

리오는 희미한 미소로 대답하며 얼버무렸다.

"……흠. 복수하고 마음이 떴나? 패기가 없어. 야심이 넘치는 부하도 문제지만, 전혀 없는 자도 성가시군. 움직이기 어려워."

듀란은 말과 달리 즐겁게 큭큭 웃으며 말했다.

"그러니 포기하시죠."

"아니. 그리 쉽게 물러날 생각 없다. 나는 귀공이 홀로 전장을…… 아니, 국제정세조차 뒤엎을 수 있다고 본다."

"일단 저는 가르아크 왕국의 명예기사입니다만……."

'그래도 계속 스카우트할 생각입니까? 파라디아 왕국은

가르아크 왕국의 적대 국가인 프로키시아 제국 측이잖아요?'라는 마음을 담아 리오가 넌지시 호소했다.

"안다. 그래서 포기 못 해. 파라디아가 프로키시아 제국 측인 이상, 전장에서 귀공과 싸울 우려가 있으니까."

"안심하세요. 저는 전장에 나가지 않을 겁니다."

되고 싶어서 된 것도 아니지만, 그래서 명예기사였다. 국가에 진 의무가 없고 특권만 있는 특별한 존재였다.

"귀공 본인은 나갈 생각이 없어도 정세가 허락하지 않을 거다. 귀공의 마음이 바뀔 가능성도 있지. 예를 들어 가까운 사람이 인질로 잡힌다든가 해서 말이야. 귀공이 복수에 성공한 점을 생각하면 현실적인 이야기지? 귀공은 때에 따라 비정해지는 듯하지만, 박정한 인간은 아니야. 가까운 사이는 아니지만, 저기 있는 왕녀들도 훌륭히 지켜낸 걸 보면 알 수 있다."

듀란이 리오 뒤에 있는 크리스티나와 플로라를 보았다. 플로라는 여전히 쓰러져 있었지만, 크리스티나가 비약을 다 먹인 듯했다. 크리스티나도 리오가 준 약을 먹었는지 리오와 듀란의 대화에 귀를 기울였다.

"……."

리오는 부정하지 않고 복잡한 표정으로 입을 다물었다.

"곤란하군. 그렇다면 아예 가까운 사람과 떨어져 보는 것도 한 방법이지 않겠나? 파라디아에는 귀공과 가까운 사람이 없을 텐데?"

듀란은 싸움밖에 모르는 무인처럼 보여도 의외로 시야가 넓다고 해야 하나, 통찰력이 있었다. 가까운 사람과 떨어지는 건 리오도 생각했던 일이었다.

"확실히, 일리 있네요."

리오는 씁쓸하게 웃으며 맞장구쳤다.

"그렇지? 그리고 복수를 마친 지금, 귀공에게는 새로운 인생 목표가 필요해 보인다. 나라면 그걸 제공할 수 있어. 대국은 격식과 전통을 따져대지만, 우리나라 같은 소국은 실력주의라 처음부터 얼마든지 올라갈 수 있다. 원하는 관직이 있으면 줄 수도 있어."

듀란은 끈질기고 제법 스카우트에 능했다. 리오를 높게 평가하고 지금이란 듯이 좋은 조건을 제시했다.

"제안은 감사하지만, 인생 목표는 그렇다 치고 돌아가고 싶은 곳이 있습니다."

그러나 리오의 마음은 바뀌지 않았다. 대화하며 처음의 경계심은 사라졌고 매력적인 인물이라는 생각이 들었지만, 함께 하고 싶은 사람들은 따로 있었다.

"……그 마음, 흔들리지 않는가."

듀란은 리오의 얼굴을 물끄러미 바라보고 통탄하며 한숨을 내쉬었다.

"죄송합니다. 말씀 끝났다면 왕녀 두 분을 보호하러 가도 되겠습니까?"

리오는 뒤에 있는 크리스티나와 플루라를 힐끗 돌아보

았다.

"귀공이 원한다면 세 사람을 성에 손님으로 초대 못 할 것도 없다만?"

"일단 저는 가르아크 왕국의 명예기사라서요. 왕녀 두 분도 프로키시아 제국의 동맹국인 파라디아 왕국에 빚이 있으면 안 되겠죠."

"……귀공 혼자서 다친 왕녀 둘을 옮길 수 있겠나?"

"못 옮길 것 같으십니까?"

듀란이 속을 들여다보듯이 묻자 리오가 당당하게 되물었다.

"거, 빈틈없는 녀석. 차라리 우리나라 영토를 어지럽혔다는 명목으로 죄를 묻겠다고 협박할까?"

그럴 생각은 없지만, 듀란은 그렇게 물었다.

"그러면 저도 왕녀 전하 두 분 유괴에 파라디아 왕국이 관여했다고 협박하겠습니다만……."

"그렇겠지. 혹시나 해서 하는 말인데 유괴를 계획하고 실행한 건 전부 루시우스다. 나는 왕녀들 유괴 후에 그대와 싸우는 걸 도와달라고 루시우스에게 부탁받았을 뿐이야."

"하지만 그걸 기회 삼아 왕녀 두 분을 협력 보수로 원하지 않았습니까?"

"결국, 포기했지만 그 부분을 꼬집으니 불리하군."

듀란은 크큭 웃음을 흘렸다.

"얌전히 이곳을 떠나주신다면 적어도 저는 귀국 후에 파라디아 왕국을 불필요하게 깎아내리지 않겠습니다."

리오는 교환조건을 제시하고 뒤에 있는 크리스티나를 보았다.

"……이쪽도 아마카와 경의 의견을 따르겠습니다. 그쪽이 이번 일로 뭔가 하지 않는 한, 이쪽도 이번 일로 귀국에 책임을 묻지 않겠습니다."

크리스티나가 리오의 생각에 찬성했다.

"거참……. 에잇, 알았다. 마음대로 해."

갈등하던 듀란이 머리를 벅벅 긁고 말했다.

"관대한 처우에 감사드립니다."

"흥. 솔직히 난 따르고 싶지 않아. 교섭으로 귀공을 끌어들일 수 없으면 얌전히 돌아가는 수밖에 없지. 힘으로 따져봤자 결과는 뻔하니."

"대신이라기에는 뭐하지만, 루시우스의 검은 전하가 가져가시죠."

리오가 근처 바닥에 꽂힌 루시우스의 검을 보며 불만 가득한 듀란에게 제안했다.

"……내가 가져갈 이유가 하나도 없다만. 귀공이 쓰러뜨린 남자의 검이잖아? 소유권은 귀공에게 있다."

듀란이 한참 생각하고 대답했다.

"최소한이라도 원래대로 되돌리겠지만, 마을 땅을 어지럽힌 사과입니다. 그리고 이 검을 받는 대신, 리오라는 제 이름을 앞으로 대외적으로 입에 올리지 않겠다고 약속해주시겠습니까?"

리오는 루시우스의 검을 듀란에게 맡기는 이유를 말했다.

"그런 거였군……."

"저 마검에는 아마 장비한 사람의 마력을 공격으로 날리는 능력과 보이는 범위 내에서 검의 날을 전이시켜 공격하는 능력, 그리고 자신도 보이는 범위 내에서 전이할 수 있는 능력이 있는 듯합니다. 전하가 무력을 추구하신다면 가져도 손해는 아니지 않을까요?"

"……확실히, 나쁘지 않은 이야기다. 하지만 입막음비로 생각해도 비싸지 않나? 아마 저건 마검 중에서도 상당한 명품일 텐데?"

듀란은 흐흥 웃었다.

"상관없습니다. 원수가 갖고 있던 검을 쓰는 취향은 아니라서요."

검을 보기만 해도 루시우스의 얼굴이 떠오를 것 같았다.

"……흥. 좋다. 그렇다면 받도록 하지."

"그럼 교섭 성립입니다."

리오는 만족스럽게 웃고 대화를 마무리하려고 했다.

"잠깐."

그러나 듀란이 리오를 불러세웠다.

"왜 그러십니까?"

"이건 스카우트가 아니라 그냥 권유인데 혹시 다음에 어디서 만나면 친구로서 한번 보지."

"……친구로서, 한번, 요?"

리오가 의아해하며 고개를 갸웃거렸다.

"술 마시자는 말이다. 설마 못 마시지는 않겠지?"

"아뇨, 즐기는 정도로는 마십니다만……."

"그럼 정해졌군."

듀란은 기분 좋게 웃었다.

"……알겠습니다."

다시 만날 기회가 쉽게 올 것 같지는 않지만, 어쩔 수 없다며 리오는 고개를 위아래로 끄덕였다.

"그럼 나는 루시우스의 검을 주워 이곳을 떠나겠다. 최소한이라도 원래대로 되돌리겠다는 귀공의 말이 조금 신경 쓰이지만, 약속은 약속이다."

'이 녀석이 가진 마검 효과인지는 몰라도 아마 루시우스와 싸울 때 쓴 괴상한 마술을 쓰겠지. 다시 만나면 그쪽을 떠봐야겠다.'

듀란은 어깨를 으쓱하고 말하며 생각했다.

"건강해라."

헤어짐은 깔끔하게. 듀란은 바닥에 꽂힌 루시우스의 검으로 얌전히 걸어갔다. 그리고 루시우스의 검을 바닥에서 뽑아 마을 방향으로 사라졌다.

그 자리에는 리오와 크리스티나, 그리고 플로라만 남았다.

'어디 보자…….'

리오는 듀란이 안 보이는 것을 확인하고 허리에 찬 검을 뽑아 지면에 찔렀다. 그리고 마력을 주입했다.

그러자 어질러진 지면이 살아있는 것처럼 태동하기 시작했다. 흙과 바위가 꿀렁꿀렁 움직여 평평한 바닥으로 돌아갔다.

"이게 무슨……."

크리스티나는 입을 벌리고 그 광경을 쳐다보았다. 루시우스와 싸우는 중에도 상식을 벗어난 광경을 여럿 목격했지만, 지금 보는 것도 대단했다. 슈트랄 지방의 마법으로는 따라할 수도 없었다.

"……이 정도면 됐다."

리오는 10여 초 만에 지형을 다듬고 일대를 둘러보며 중얼거렸다. 그리고 검을 도로 허리춤에 찼다.

"……."

크리스티나는 눈을 깜빡이며 리오의 얼굴을 보았다.

"오래 기다리셨습니다."

그러자 리오가 크리스티나를 보며 말을 걸었다.

"아…… 네, 네."

크리스티나는 급히 이성을 되찾고 대답했다.

"일어날 수 있으세요?"

리오는 크리스티나에게 손을 내밀었다.

"네……."

크리스티나는 조심스럽게 리오의 손을 잡고 일어났다.

"그 목걸이를 벗겨야겠네요."

리오는 크리스티나의 목으로 손을 뻗었다. 크리스티나에게는 안 보였지만, 리오의 손이 살짝 빛나고 찰칵 소리가 나며 목걸이가 풀렸다.

"풀었습니다."

리오는 목걸이를 손으로 잡아 바닥에 던졌다.

"어? 아…… 감사합니다."

해주 마법도 쓰지 않고 대체 어떻게? 라는 의문이 얼굴에 짙게 떠오른 게 보였다. 크리스티나는 당황하며 목을 옥죄던 감각이 사라진 것을 손으로 만져 확인했다. 그리고 당황하면서도 리오에게 감사를 표했다.

"다친 데는 괜찮으십니까?"

"네, 네. 건네주신 포션 덕에 깨끗하게 나았습니다."

"다행이네요."

"그보다 아마카와 경의 상처는 괜찮습니까? 최소한의 지혈은 했다고 하셨지만…….'

크리스티나가 리오의 상처를 걱정했다.

"네. 피는 멈춘 모양입니다. 두 분을 모셔드린 후에 다시 치료하면 문제없습니다. 우리도 이동하죠. 일단 마음 놓고 쉴 곳으로 이동하겠습니다. 대화는 거기서 하시죠."

묵직한 통증은 있지만, 코트에 묻은 피가 이미 마르기 시작했다. 리오는 루시우스에게 베인 부위에 손을 대며 대답하고 생각했다.

'그나저나 블랙와이번 가죽이 이렇게 쉽게 찢어질 줄은

몰랐어. 고칠 수 있을까?'

루시우스의 검에 공간이동 능력이 있었으니 공간 자체를 베는 등 검의 절단력에도 영향을 주지 않았을까?

"안 그래도 충분히 치료하지 않았는데 돌아다니는 건…….
하다못해 여기 좀 더 있으면서 힐을 쓰고 출발하면 안 되겠습니까?"

크리스티나가 리오를 걱정하며 제안했다.

"하지만 계속 여기 있을 수는 없잖아요? 듀란 왕자가 떠났지만, 나중에 상황을 보러 돌아올 수도 있으니까요. 거칠게 돌아다니지 않고 잠깐 이동하면 되니까 괜찮습니다."

"……그럼 이동하면서라도 제가 치료하게 해주세요. 힐은 쓸 수 있습니다."

크리스티나가 괴로운 얼굴로 차선책을 꺼냈다.

"아뇨, 움직이면서도 스스로 치료할 수 있으니 괜찮습니다."

효율적으로 치료하려면 환부에 손을 대야 하지만, 신체를 강화하고 달리거나 하늘을 날면서도 손대지 않고 상처지혈 정도는 할 수 있었다.

루시우스와 싸울 때는 어디로 전이할지 예상하기 위해 정령술로 상시 광범위하게 마력을 감지하느라 회복할 여유가 없었지만, 지금은 그때 쓴 마력을 회복에 쓸 수 있었다.

"아뇨, 제가 치료하게 해주세요. 보답은 못 되지만, 뭔가, 뭔가 당신을 위해 할 수 있는 일을 하고 싶습니다. 그러니까 하다못해……. 부탁드립니다."

크리스티나는 간청하듯이 리오에게 고개를 숙였다.

"……알겠습니다. 그럼 부탁드려도 될까요? 고개 들어 주세요."

리오는 난처하게 하늘을 쳐다보고 크리스티나에게 고개를 들라고 호소했다.

"감사합니다……."

크리스티나는 목소리와 어깨를 떨며 고개를 들지 못했다.

〔 제 2 장 〕 ✼ 왕녀 자매의 요양

　리오는 의식을 잃고 잠든 플로라는 품에 안고 크리스티
나는 등에 업은 다음 출발 준비를 마쳤다.

　"갈까요? 속도를 그렇게 내지는 않겠지만, 떨어지지 않게
꼭 잡으세요. 힐도 무리하지 않는 범위에서 쓰시면 됩니다."

　리오는 출발에 앞서 등에 업은 크리스티나에게 당부했
다. 업은 상태라 고개를 돌리자 코앞에 그녀의 얼굴이 있
었다.

　"네, 네……."

　크리스티나는 사그라질 것 같은 목소리로 대답했다.

　'어떡하지? 나한테 냄새나지 않을까?'

　그도 그럴 것이 이런 게 신경 쓰여 제정신이 아니었다.
숲을 돌아다니며 흠뻑 땀이 났고 씻지도 못했으며 드레스
는 엉망진창이지만, 떨어질 수는 없으니 리오를 꼭 붙들어
야 하고…….

　──더럽고 냄새나. 그런 여자를 안는 건 내 취향이 아
니라서.

　듀란이 한 말까지 생각나 괜히 신경 쓰였다. 거지로밖에
안 보인다는 말도 들었다.

　반면 리오에게서는 희미하게 달콤한 비누 냄새가 나서
자신의 체취가 더 신경 쓰였다.

"왜 그러십니까?"

크리스티나가 꾸물거리자 리오가 살짝 고개를 틀며 물었다.

"아, 아뇨. 아무것도 아닙니다!"

크리스티나가 큰 소리로 말하며 고개를 저었다. 그리고 리오를 붙든 힘을 살짝 풀었다.

"어, 좀 더 꼭 잡아주시겠어요?"

리오가 곧바로 주의를 촉구했다.

"네, 네……."

크리스티나는 조심스럽게 리오의 상반신을 끌어안은 팔에 힘을 줬다. 그래도 거리낌이 있는지 쭈뼛거리는 게 느껴졌다.

"……역시 무슨 문제 있는 거 아닌가요?"

리오가 망설이며 물었다.

"아, 아무것도 아닙니다. 정말로……."

크리스티나는 얼굴을 붉히고 꺼질 것 같은 목소리로 말하며 고개를 수그렸다.

흡사 창피해하는 평범한 소녀 같았다. 평소의 의연한 그녀로는 상상하기 어려운 모습이었다.

"그렇다면 다행입니다만…… 아, 이렇게 남자와 밀착할 일이 없으셨겠군요. 실례했습니다. 밀착하시라고 배려 없는 짓을……. 이동이 오래 걸리지는 않을 테니 용서해주세요."

리오는 의아해하다가 크리스티나가 부끄러워하는 이유

를 알았는지 조금 민망해하며 사과했다.

"아, 아뇨. 그, 그러니까, 그런 게 아니라…… 죄송해서요. 꼴이 지저분해서, 아마카와 경의 의복이 더러워질까 봐……."

크리스티나가 들릴 듯 말 듯한 목소리로 설명했다. 냄새 나지 않냐고 물을 수 없어서 완곡하게 물었다.

"그렇게 따지면 저야말로 코트가 피로 젖었습니다. 이동해서 씻고 옷을 갈아입어야겠네요."

리오는 그제야 알아차리고 걱정할 필요 없다며 피식 웃어넘겼다.

"……감사합니다."

크리스티나는 살며시 리오를 끌어안은 손에 힘을 줬다.

"그럼 정말로 갈까요?"

리오는 크리스티나와 플로라를 데리고 그 자리를 떠나기로 했다. 지면을 박차고 바람의 정령술로 도약했다.

"……"

10여 미터 높이에 다다르자 크리스티나가 리오를 안은 팔에 더 힘을 실었다. 주위를 두리번거리고 바닥을 내려다보았다.

"떨어질 일 없으니 안심하세요."

리오가 크리스티나의 반응을 알아채고 말했다. 루시우스와 전투 중에 정령술로 비행하는 모습을 보였기 때문에 날 수 있다는 것을 숨기지는 않았다.

"……저, 어떻게 하늘을 나시는 겁니까?"

크리스티나가 조심스럽게 질문했다.

"바람을 조종해서 하늘을 납니다."

리오는 일부러 폭넓게 설명했다. 루시우스와 싸우며 정령술을 아낌없이 사용했다. 여러 가지 정령술을 발동해서 마검 능력이라고 설명하기 어려워 크리스티나를 못 속일 것 같았다.

그래서 정령술을 설명해야 했지만, 어디까지 설명할지 아직 판단이 서지 않았다.

"그, 그렇군요……."

크리스티나는 맞장구를 치며 반쯤 넋이 나가 주변 풍경을 둘러보았다. 어디까지 캐물어도 되는지 헤아리거나, 충격의 연속에 사고 처리가 따라가지 못하는 듯했다. 아니면 둘 다이거나.

길을 벗어나 탁 트인 구릉지대가 이어졌다. 그 광경에 눈을 빼앗긴 것처럼 보이기도 했다.

"이래저래 해야 하는 이야기도 있고 묻고 싶은 게 있으시리라 봅니다. 창피한데 많은 일이 일어나 아직 생각이 정리되지 않았을 테니 한숨 돌리고 시간을 만들어도 될까요?"

"네, 네……. 그, 그렇지, 상처를 치료할게요. 먼저 이 주변에 마법을 써도 되겠습니까?"

크리스티나가 현실로 끌려 나온 것처럼 황급히 대답하고 리오를 끌어안은 오른팔을 뻗었다. 피가 엉겨 붙은 왼팔로 손을 뻗어 치료가 필요한지 물었다.

"네. 자세가 불편하면 무리하지 않으셔도 돼요."

"아뇨. 괜찮습니다."

크리스티나가 힐 주문을 외웠다. 그러자 그녀의 오른손에 마법진이 떠오르고 희미한 빛이 흘러넘쳤다. 이제 시간이 지나기만 기다리면 됐다. 크리스티나는 리오의 왼팔을 물끄러미 쳐다보았다.

"감사합니다."

"……아, 아닙니다."

치료하려고 한쪽 팔을 뻗느라 크리스티나의 얼굴이 리오의 얼굴 바로 옆까지 이동했다. 리오가 옆을 보면 그대로 키스할 수 있을 정도로 거리가 가까워지자 크리스티나의 얼굴이 화르르 붉어졌다.

하지만 크리스티나는 치료를 멈추지 않고 계속 마법을 발동했다.

몇 분 뒤. 리오는 루시우스와 싸운 마을에서 남서쪽으로 비행해 몇 킬로미터는 떨어진 암반 지대에 도착했다.

'이 주변이 좋겠어.'

나무를 숨기려면 숲에 숨기라는 말이 있듯이 바위 집을 숨기려면 암반 지대가 가장 적합했다. 근처에 마을도 없고 바위 집을 설치하기 딱 좋은 지점이었다.

바위 집을 꺼내면 여러모로 숨기고 싶은 정보를 밝혀야 하지만, 플로라의 용태가 너무 좋지 않아 사태가 시급했다.

엉망진창인 드레스를 입은 크리스티나와 플로라를 도시로 데려가면 더 눈에 띄기 때문에 어서 쉴 곳에서 치료하기로 했다.

"여기에 착지하겠습니다."

리오는 운을 떼고 10여 미터 아래 지면으로 내려갔다.

"이런 곳에서 대체 뭘……?"

크리스티나가 의아해하며 점점 가까워지는 지상을 둘러보았다. 곧 리오가 착지했고 역시나 주위에는 바위 외에 아무것도 없었다.

"자, 내리세요."

"네."

리오의 말에 크리스티나는 순순히 바닥에 내려섰다. 한편, 리오는 발을 통해 지면에 마력을 주입해 정령술로 지반을 다졌다. 리오의 검이 정령술 발동을 보조하는 역할을 해서 검을 뽑으면 더 빨리 발동할 수 있지만, 지금은 플로라를 안고 있어서 손을 쓸 수 없었다.

"지면이…… 움직여?"

크리스티나가 지면을 내려다보고 중얼거렸다.

"지금부터 공간마술 마도구를 써서 이곳에 집을 꺼낼 겁니다. 그 밑 작업을 하는 거예요."

"네……?"

"보여드리는 게 빠르겠군요. ≪디스차지≫."

마침 지반 다지기가 끝나고 리오는 팔에 장착한 시공의 장을 쓰기 위해 주문을 외웠다. 그러자 리오와 크리스티나 앞에 있는 공간이 크게 일그러지더니 거대한 바위가 나타났다.

"어?"

크리스티나는 눈을 깜빡였다.

"여기가 입구입니다. 먼저 들어가세요."

크리스티나가 그러든 말든 리오는 현관으로 다가가 플로라를 안은 채로 용케 문을 열었다. 일일이 설명하면 끝이 없으니 나중에 한꺼번에 설명하기로 했다.

"……네."

크리스티나는 할 말을 잃었지만, 일일이 놀라고 넋을 잃으면 끝이 없다고 판단했는지 리오를 따라가 현관으로 들어갔다.

"……."

집 안으로 들어가자 너무나 쾌적한 생활공간이 펼쳐져 또다시 할 말을 잃었다. 귀족처럼 화려하게 장식하지는 않았지만, 바위 집은 어지간한 귀족 저택보다 훨씬 잘 만들어졌다.

"플로라 님을 주무시게 하고 싶지만, 옷부터 갈아입혀야 겠죠? 미하루 씨와 다른 분들의 옷이 안쪽 옷방에 있을 테니 몸에 맞는지 확인해주시겠습니까?"

뒤늦게 안으로 들어온 리오가 문을 닫으며 크리스티나에게 말했다.

바위 집은 리오가 처음 받은 것과 사라 일행과 함께 마을을 떠날 때 받은 것까지 해서 두 채가 있는데, 두 집을 오갈 때마다 옷 같은 일용품을 옮기기 귀찮아서 나눠서 보관했다.

이 상황에 여성용 옷을 사러 도시로 갈 수는 없으니 사후 승낙이지만, 일행의 여벌 옷을 빌리기로 했다. 옷은 물론이고 특히나 속옷은 리오가 함부로 뒤지면 안 되니 몸에 맞는지 크리스티나가 고르게 해야 했다.

"······."

"크리스티나 님?"

"앗, 네, 네."

아직 놀라움이 가시지 않았는지 크리스티나가 흥미진진하게 실내를 둘러보았다. 리오가 이름을 부르자 그제야 정신을 차렸다.

"여성용 옷을 보관하는 옷방으로 안내할 테니 플로라 님과 본인이 갈아입을 옷을 챙겨주시겠습니까?"

깐깐한 인상이 있는 크리스티나의 갭이 신선했는지 리오는 키득 웃고 다시 설명했다.

"네······."

정신없이 집을 관찰해서 그런지 크리스티나가 조금 부끄러워하며 고개를 숙였다.

"괜찮은 옷을 찾으시면 욕실로 안내하겠습니다. 플로라 님이 깨어나면 간단하게라도 씻으셨으면 좋겠는데……."

"안색이 제법 좋아졌으니 옷을 빌리고 깨워보겠습니다."

"알겠습니다. 그럼 우선 플로라 님은 이 소파에 눕히고, 안내하겠습니다. 이쪽으로 오세요."

리오는 플로라를 소파에 눕히고 크리스티나를 옷방으로 안내했다. 10여 초 만에 목적지인 방에 도착했다.

"이곳이 옷방입니다. 옷장에는 개키기 어려운 옷이, 서랍에는 개킨 옷이 들어있을 겁니다. 옷장은 공유하지만, 서랍은 1인당 한 개씩 쓸 테니 맞은 옷이 있으면 어느 서랍인지 기억해두세요. 본인들에게는 제가 나중에 말하겠습니다. 다 고르시면 플로라 님이 계신 거실로 오세요. 저는 나가 있겠습니다."

리오가 방을 둘러보며 설명했다. 평소에는 들어오지 않는 방이라 리오도 어디에 누구의 옷이 있는지 몰랐다.

"하나부터 열까지 감사합니다."

"아닙니다."

크리스티나는 고개를 숙였고 리오는 옷방을 나갔다.

'자, 어서 옷을 빌리고 플로라에게 돌아가자…….'

리오가 오래 기다리게 해서는 안 됐다. 크리스티나는 가까이 있는 서랍 하나를 살며시 열었다.

"이 칸은 속옷……. 리카 상회 제품이네. 이 칸은 치마고 여기에는 셔츠 같은 상의가 있어. 더 이동하지 않는다면 오늘은 편한 옷이 좋으려나?"

크리스티나는 옷장을 열어보았다. 안에는 원피스와 외투 등 잘 만든 옷이 주르르 걸려있었다.

'대단해……'

대체 평소에 몇 명이 이 집에서 지내는 걸까? 궁금증이 생겼지만, 이 정도면 맞는 옷이 있을 것 같았다. 크리스티나는 다른 서랍에는 어떤 옷이 있는지 확인했다.

'입기 편한 원피스를 빌리자.'

옷장에 들어있던 원피스 두 벌을 빌리기로 했다. 평소에 입는 드레스는 혼자서 입을 수 없지만, 원피스라면 쉽게 입을 수 있을 것 같아서 한 선택이었다. 잘 맞는지 몸에 대보고 사라와 미하루의 옷을 골랐다. 브라 슬립이 있어서 그것도 빌리기로 했다.

'맞을 거야……. 아마.'

맞는지 안 맞는지 실제로 입어봐야 알겠지만, 숲을 돌아다니느라 지저분한 지금 상태에서 입으면 옷이 더러워졌다. 이 자리에 없는 플로라에게 맞을지 걱정됐지만, 안 맞으면 나중에 다시 빌려야겠다.

'돌아가자.'

크리스티나는 옷장과 서랍을 닫아 처음 들어와서 본 상태로 돌려놓고 옷방을 나갔다.

거실로 돌아가자 플로라가 소파에 잠든 모습이 눈에 들이웠다.

'아마카와 경은……'

"갈아입을 옷을 찾으셨나 보군요."

크리스티나가 실내를 둘러보자 리오가 쟁반에 음료를 들고 주방에서 나왔다.

"네. 원피스를 빌렸습니다."

"시원한 음료를 준비했으니 드세요."

리오는 테이블 위에 쟁반을 놓았다. 음료를 시원하게 하려고 넣었는지 금속 잔에 든 얼음이 달그락거렸다.

"……"

크리스티나는 꿀꺽 숨을 삼켰다. 숲을 돌아다니는 동안 제대로 수분 보충을 못 해 몹시도 목이 말랐다.

"사양하지 마세요."

리오가 솔선해서 자기 잔을 들었다.

"감사합니다. 잘 마시겠습니다."

뜨거운 차를 얼음으로 식힌 모양이었다. 차갑지 않고 단숨에 마시기 좋은 온도였다.

"……하아."

크리스티나는 꿀꺽, 꿀꺽 힘차게 마셨다. 메마른 몸에 수분을 보급하고 황홀한 한숨을 내쉬었다.

"더 있습니다."

리오는 크리스티나에게 다가가 그녀의 잔을 채웠다.

"죄, 죄송합니다. 한꺼번에 마시는 무례한 짓을……"

크리스티나가 제정신을 차리고 뺨을 붉혔다.

"아닙니다. 수분은 확실하게 보충해야죠."

"⋯⋯네."

리오는 천천히 고개를 젓고 웃었다. 그러자 크리스티나의 얼굴이 더 빨개졌다.

"앗, 그, 플로라를 깨워야겠네요. 플로라, 일어나."

허둥지둥 잔을 테이블에 놓고 소파에 누운 플로라에게 다가갔다. 그리고 어깨를 가볍게 흔들어 깨웠다.

"⋯⋯."

몹시 피곤했는지 플로라는 반응하지 않았다. 하지만 플로라도 독에 중독돼 땀을 많이 흘리고 제대로 수분을 보충하지 못했기 때문에 이대로 재우면 탈수 증상에 빠질 우려가 있었다.

"플로라, 플로라?"

크리스티나는 말을 걸며 몸을 흔들어 억지로 깨우기로 했다.

"⋯⋯으음."

플로라가 천천히 눈을 떴다.

"다행이다. 내 말 들리니?"

"어, 언, 니⋯⋯?"

"그래. 무슨 일이 일어났는지 기억하지?"

"⋯⋯네, 네. 하루토 님이 다가와서, 약을 주셨는데⋯⋯."

"그 뒤에 아마카와 경이 안전한 곳으로 옮겨주셨어. 아직 상태가 안 좋을 수도 있지만, 탈수 증상에 빠지면 안 되니까 수분 보충부터 하자. 일어날 수 있어?"

"네……."

크리스티나의 부축을 받아 플로라가 상반신을 일으켰다. 아직 초점이 안 맞는지 얼굴이 멍했다.

"여기요."

리오가 플로라의 잔을 크리스티나에게 건넸다.

"자, 마셔."

"고맙습니다……."

플로라는 크리스티나의 도움을 받아 마른 목을 축였다. 몸이 수분을 원했는지 열심히 목을 움직였다. 잠시 뒤, 잔에서 입을 떼고 "푸하" 하고 귀엽게 숨을 내쉬었다.

"더 따라드릴게요."

리오가 차가 든 디캔터를 들고 플로라에게 다가갔다.

"……어? 하루토 님?"

플로라가 놀란 표정을 지었다.

"네."

리오도 의아해하며 고개를 갸웃거렸다.

"아……. 그, 그렇지. 하루토 님이 도와주셨으니까……. 의식이 몽롱했어요."

아무래도 지금까지 리오가 눈에 들어오지 않은 모양이었다. 수분을 보충하고 이제야 의식이 또렷해졌는지 플로라가 짙은 피곤함을 내비치면서도 얼굴을 붉혔다.

"몸이 많이 지쳤나 봅니다. 약으로 해독했지만, 아직 안정을 취하셔야 합니다."

"완전히 회복할 때까지 시간이 얼마나 걸릴까요?"

크리스티나가 플로라를 걱정하며 물었다.

"며칠 동안 미열이 있거나 몸이 나른하겠지만, 그것만 나으면 문제없을 겁니다. 두 분을 로다니아로 모시는 건 그 뒤에 해도 괜찮을까요?"

정령의 주민의 비약은 골절과 외상 같은 육체적 대미지를 제외하면 어디에나 듣는 강력한 만능약이지만, 먹자마자 최상의 상태가 되지는 않았다. 크리스티나도 피로가 쌓였을 테니 두 사람이 회복할 때까지 이동하지 않아야 했다.

"……데려다주실 겁니까?"

크리스티나가 리오의 안색을 살피며 물었다.

"물론입니다."

"하지만 우리는……."

"……돌아갈 수 없는 이유라도 있으십니까?"

리오가 의아해하며 물었다.

"당신은, 아마카와 경은…… 저기, 그 사람이었던 게……."

크리스티나가 죄책감이 밴 표정으로 말을 망설였다. 플로라도 비슷한 표정으로 리오와 언니의 표정을 살폈다.

"……제 과거 말씀이십니까?"

리오가 추측하고 물었다.

"네, 네. 우리는 당신의 정체를 알게 되었습니다."

크리스티나가 무겁게 고개를 끄덕였다.

"그게 제가 두 분을 로다니아로 데려가지 않을 이유가 된다고요?"

"벨트람 왕국이 당신에게 좋은 나라였다고 생각하지 않고 제 인상이 좋을 것 같지도 않습니다. 당신에게 몹쓸 짓도 했습니다."

그런 우리를 데려다줄 리 없다고 확신하는지 크리스티나의 표정이 심각했다.

"몹쓸 짓이라니……. 그러고 보니 슬럼가에서 처음 만났을 때 제 따귀를 때리셨죠."

그러자 리오가 분위기를 바꾸려는 듯 장난스레 웃으며 과거를 끄집어냈다.

"그, 그건……. 아니, 그것도 포함해서 그때는 정말 실례했습니다. 너무 경솔한 짓을……."

크리스티나도 그때 일이 떠올랐는지 새빨개진 얼굴로 고개를 숙였다.

"그, 그런 짓을 했어요? 언니……."

플로라가 놀라서 눈을 깜빡였다.

"으, 응. 슬럼가에서 기절한 너를 들쳐멘 아마카와 경을 보고 울컥해서……."

크리스티나가 꺼질듯한 목소리로 설명했다.

"그때 맞은 건 이제 신경 쓰지 않아요."

리오가 이번에도 장난스럽게 이야기를 마무리하려고 했다.

"그뿐만이 아닙니다. 학원에서 학생들이 당신을 괴롭히

는 걸 보고도 못 본 척했습니다. 그리고 가장 큰 문제인 야외연습 사건이……."

크리스티나가 벌레 씹은 얼굴로 다른 일을 언급했다.

"있었죠. 그런 일도."

야외연습 사건을 계기로 리오는 벨트람 왕국에서 모습을 감췄다. 리오로서 크리스티나와 플로라를 만난 것도 그때가 마지막이었다.

"당시에 목격하지는 못했지만, 저는 당신이 플로라를 떠밀었다는 말에 의문을 품었습니다. 하지만 당신을 옹호하지 않았어요."

크리스티나가 부끄러운 표정으로 말했다.

"목격하지 못했다면 증언을 날조하는 것도 좋은 일은 아니죠."

리오는 크게 신경 쓰지 않아 하며 말했다.

"하지만 사실은 아니었잖아요?"

크리스티나가 반쯤 확신하는 얼굴로 물었다.

"……이제 와서 증명할 방법도 없지만, 플로라 님을 절벽에서 떠민 건 제가 아닙니다."

리오가 어깨를 으쓱하며 대답했다.

"믿습니다."

크리스티나가 간발의 차도 두지 않고 대답했다.

"저, 저도 믿어요! 아니, 계속 믿었어요!"

그러자 플로라가 곧바로 대화에 끼었다.

"고맙습니다."

리오는 조금 겸연쩍어하며 인사했다.

"감사할 사람은 저예요. 그때 미노타우로스에게서 구해주신 것도 계속 감사하고 싶었어요. 정말, 하루토 님에게 도움만 받고…… 그런데 저는 민폐만 끼치고……."

플로라가 떨리는 목소리로 말했다.

"저도 감사드립니다. 지금 이렇게 구해주신 것도, 과거에 몇 번이나 구해주신 것도."

크리스티나가 깊게 고개를 숙였다.

"아뇨, 전부 어쩌다 보니 그렇게 된 거라……. 저야말로 저와 루시우스의 싸움에 두 분을 말려들게 했습니다. 죄송합니다."

리오가 마주 고개를 숙였다.

"아닙니다. 루시우스라는 남자와 프로키시아 제국이 한편이었으니 아마카와 경과 인연이 없어도 우리는 노려졌을 겁니다. 아망드에서 플로라가 루시우스에게 납치될 뻔한 것과 로다니아로 가던 중 제가 레이스에게 공격당한 것만 봐도 명백합니다. 오히려 아마카와 경이 그 남자와 인연이 없었더라면 우리는 그대로 당했을 겁니다. 당신이 없었더라면 저와 플로라는 다시 만나지도 못했을 테니까요……."

크리스티나가 고개를 좌우로 흔들고 일련의 사건을 냉정하게 평가했다. 실제로 지난 싸움에서 리오가 루시우스를 이겼다면 크리스티나나 플로라가 프로키시아 제국에

끌려가 인질로 이용됐을 터였다.

"이번 일의 배후에 프로키시아 제국이 있는지 아직은 확정할 수 없지만……. 이 이야기는 나중에 할까요? 지금 여기서 확실히 할 일이 있다면 두 분을 로다니아로 데려가도 괜찮은 지입니다."

리오는 처음 의제로 돌아갔다.

"괜찮은 정도가 아니라 꼭 부탁드리고 싶습니다만……."

정말 괜찮습니까? 크리스티나가 눈으로 리오에게 물었다.

"아직 제 과거가 신경 쓰이신다면 한 가지 여쭙겠습니다. 전하, 제 과거를 알고 로다니아로 귀환한 후에 뭔가 하실 생각이십니까?"

리오에게 걱정이 있다면 그 점이었다.

"당신의 과거는 아무에게도 말하지 않겠습니다. 하지만 아마카와 경에게 다른 뜻이 있다면 따를 생각입니다. 누명을 밝히라면 그렇게 하겠습니다."

크리스티나가 대답했다.

"이제 와서 그 건을 파내 누명을 밝히는 건 좋은 생각이 아니겠죠. 이 상황에 과거를 일부러 파헤칠 생각은 없으니 아무 말씀 안 해주시면 감사하겠습니다. 이 슈트랄 지방에서 인제 와서 리오로 돌아다닐 생각은 없으니까요."

야외연습 사건 자체에는 별다른 생각이 없었다. 용서할 수 없는 일이 있다면 라티파의 일이었다. 아마 유그노 공작이 흑막이겠지만, 라티파가 유그노 공작의 얼굴을 확인하지 않은 현재 상황에는 정황증거뿐이고, 당사자인 라티파가 관여하고 싶지 않아 하는데 멋대로 움직일 생각은 없었다.

"알겠습니다. 그렇게 하겠습니다. 알았지? 플로라."

크리스티나가 정중하게 고개를 끄덕였다.

"네……."

플로라는 고개를 끄덕이면서도 리오에게 뭔가 묻고 싶은 표정이었다.

"이 일과 관련해서 하실 말씀이 있다면 나중에 부탁드립니다. 욕실 준비가 끝났으니 안내하겠습니다."

리오는 피투성이 코트를, 크리스티나와 플로라는 엉망진창인 드레스를 입고 있었다.

이런 꼴로 태평하게 이야기를 나눌 수도 없는 노릇이니 리오는 일단 대화를 끊고 두 사람을 욕실로 안내하기로 했다.

세 사람은 바위 집 욕실로 향했다. 넓은 탈의실에 들어가 리오가 욕실로 이어진 문을 열었다.

"이쪽이 욕실입니다."

그곳에는 성에서 나고 자란 크리스티나와 플로라의 눈에도 실로 호화로운 욕탕 시설이 있었다. 그보다 그들이 지금까지 사용한 욕탕 시설이 궁상맞을 정두로 멋졌다.

넓고 높은 천장에 바위 표면을 그대로 살린 벽. 돌 타일을 깐 넓은 씻는 곳 안쪽에는 몇 명이 한 번에 들어갈 수 있을 정도로 큰 바위 욕조가 있었다.

마도구 토수구에서는 뜨거운 물이 끊임없이 공급됐고 욕탕에서 피어오른 하얀 수증기가 욕실에 감돌았다.

"……."

크리스티나와 플로라는 놀라서 욕실을 뚫어지게 쳐다보았다.

"비누 종류를 설명할게요. 이쪽으로 오세요."

리오가 말하고 욕실로 들어갔다. 크리스티나와 플로라는 서로의 얼굴을 쳐다보고 너 나 할 거 없이 리오를 뒤쫓았다.

"이 병에는 머리 감을 때 쓰는 액체비누가 들어있는데 머리 부분을 누르면 내용물이 나옵니다. 적정량은 머리카락 길이에 따라 다른데 머리카락을 물로 적시고 충분히 거품이 날 정도의 양을 쓰세요."

리오는 먼저 샴푸를 설명했다. 이어서 컨디셔너와 보디클렌저, 그리고 세안 비누를 설명했다.

"비누 거품을 씻어낼 때는 몸 씻는 곳에 여러 개 설치된 동그란 돌을 건드리세요. 건드린 시간만큼 마력을 흡수하고, 여기서 뜨거운 물이 나옵니다. 각각 오른쪽에 있는 동그란 돌은 낮은 데 있는 토수구, 왼쪽에 있는 동그란 돌은 높은 데 있는 토수구와 연결되어있습니다. 시험 삼아 써볼까요? 뜨거운 물이 튈 테니까 조금 떨어져 주세요."

리오는 두 사람을 주의시키고 오른쪽에 있는 동그란 돌을 건드렸다. 돌이 마력을 흡수하자 곧 낮은 위치에 있는 토수구에서 뜨거운 물이 쏟아졌다.

"괴, 굉장해!"

플로라가 소리를 지르며 놀랐다. 크리스티나도 눈을 동그랗게 뜨고 뜨거운 물을 응시했다. 슈트랄 지방의 마술 수준으로는 온도를 조절해 뜨거운 물을 만들려면 터무니없는 양의 마력이 필요하니까 이렇게 간단하게 뜨거운 물을 만드는 마도구를 보고 놀라는 게 당연했다.

"동그란 돌을 오래 건드리면 마력만 괜히 소모되니까 그점만 주의해주세요. 몇 초만 건드려도 30초 정도는 뜨거운 물이 나옵니다."

리오가 놀란 두 사람에게 덧붙여 설명했다. 그 말대로 리오가 동그란 돌에서 손을 뗀 뒤에도 한동안 뜨거운 물이 나왔다.

"저기 있는 큰 통? 바위 용기는 욕조입니까? 그런데 씻는 곳에 바로 물을 공급할 수 있는데 욕조에 뜨거운 물을 담을 이유가 없지 않나요?"

크리스티나가 바위 욕조를 가리키고 고개를 갸웃거리며 물었다.

그도 그럴 것이 일본에서는 욕조에 뜨거운 물을 담아 안에 들어가는 게 당연하지만, 슈트랄 지방에서는 그렇지 않았다. 슈트랄 지방에서 욕조는 물에 몸을 담그는 용도가 아니라 씻을 물을 담아두는 물건이었다.

부유한 집에나 욕실이 따로 있는데 욕조 안에서 씻어서 누가 욕실을 쓸 때마다 물을 교환하는 타입과 욕조 밖에 씻는 곳을 마련해 소비하는 물을 절약하는 타입의 욕실이 일반적이었다(욕조 깊이도 사람이 몸을 담글 정도가 아니라 얕은 게 일반적이다).

"……저기, 혹시 저건 몸을 담그는 욕조인가요?"

플로라가 바위 욕조를 보고 리오에게 물었다.

"그렇습니다. 벨트람 왕국 분은 익숙하지 않겠지만, 이 집의 욕조는 플로라 님이 말씀하셨듯이 사람이 뜨거운 물에 몸을 담그는 용도입니다. 씻는 곳에서 몸을 청결하게 한 후, 저 욕조에 몸을 담그는 게 올바른 사용법입니다."

리오가 바위 욕조의 올바른 사용법을 설명했다.

"그러고 보니 온천 지역에는 그런 욕조도 있다는 문헌을 읽은 것도 같고……. 잘 아는구나, 플로라."

"히로아키 님이 종종 욕조에 몸을 담그고 싶다고 하셨거든요."

크리스티나가 감탄하는 눈으로 플로라를 보았다. 플로라가 기뻤는지 수줍게 대답했다.

"용사님들이 원래 살던 곳에서는 욕조에 몸을 담그는 게 일반적이었나 보네요."

"네. 로다니아에도 히로아키 님의 방에는 몸을 담글 수

있는 욕조가 있어요. 장인을 불러서 만들었다는데 가끔 써
보고 싶었어요."

리오와 플로라가 이야기를 펼쳤다.

"써본 적 있니?"

"없어요. 남성분의 방에 있는 욕조를 쓰는 건 역시 좀……."

크리스티나가 묻자 플로라가 창피해하며 고개를 저었다.

'일단 여기는 남자인 내 집인데…….'

즉 지금부터 남자 집에 있는 욕조를 써야 하지만, 굳이
언급하지 않는 게 좋을 것 같아 리오는 지적하지 않았다.

"뜨거운 물에 몸을 담그면 체온이 올라가 체력이 소모되
니 크리스티나 님은 몰라도 플로라 님은 몸이 회복할 때까
지 욕조에 들어가지 않는 편이 좋겠습니다. 오늘은 씻기만
해주세요."

상태가 나빠도 피부를 청결히 하는 게 좋았다. 씻으면
몸을 청결히 할 수 있었다. 미열 정도라면 문제없을지도
모르지만, 리오도 전문지식이 없어서 판단하기 어려울 때
는 더 안전한 행동이 무엇일지 추측하는 수밖에 없었다.

"조금 아쉽지만, 알겠습니다."

플로라가 아쉬운 얼굴로, 그러나 순순히 고개를 끄덕였다.

"그럼 저도 오늘은 사양하겠습니다."

동생을 두고 혼자 몸을 담그기 꺼려지는지 크리스티나
가 말했다.

"알겠습니다. 욕실을 둘러보시고 궁금한 게 없다면 서는

이만…… 아, 수건이 없군요. 지금 가져올 테니 탈의실에서 기다려주세요."

갑자기 생각났는지 리오가 욕실과 탈의실 문을 열어두고 나갔다. 크리스티나와 플로라도 리오의 말대로 탈의실로 돌아갔다.

"그런데 언니……."

플로라가 언니에게 말을 걸었다.

"왜?"

"저기, 여기는 어딘가요?"

고개를 갸웃거리는 크리스티나에게 플로라가 물었다. 바위 집으로 오는 내내 의식을 잃었던 터라 궁금한 모양이었다.

"……아마카와 경의 주거지야."

그것만은 확실했다. 크리스티나도 의문이 가시지 않았지만, 그렇게 대답했다.

"하루토 님의? 하지만 여기는 파라디아 왕국 아니에요?"

"응, 그렇긴 한데……. 그것도 포함해서 대화할 시간을 만들 듯하니 그때를 기다리자."

"네."

플로라는 아직 의아한 표정이었지만, 들뜬 목소리로 대답했다.

"기쁜가 보구나."

크리스티나가 지적했다.

"……네. 맞아요. 기뻐요. 물론 사과해야 하는 일이 많지만, 하루토 님이 리오 님이고 이렇게 대화할 수 있어서, 그것만으로도 뭐라고 할까……."

아망드에서 루시우스의 마수에서 도움받았을 때도 리오라는 이름이 나왔다. 본인에게 하루토가 리오이지 않냐고 물었지만, 그때는 거절하듯이 얼버무렸다. 하지만 지금은 달랐다. 잘 설명은 안 되지만, 플로라는 그것이 참을 수 없이 기뻤다.

"그래."

크리스티나는 어렴풋이 그 이유를 알았는지 부드럽게 웃었다.

"하루토 님의 집에서 욕실을 쓰다니, 상상도 못 했어요."

"맞아, 나도 그래. 왕립학원에 다닐 때는 상상도 못 했을 거야."

"왕립학원. 그립네요……. 그러고 보니 언니, 슬럼가에서 하루토 님의 따귀를 때렸다니……."

옛날이야기가 나오자 갑자기 생각났는지 플로라가 이야기를 끄집어냈다.

"윽, 그건…… 아니, 그 일도, 변명의 여지가 없다."

크리스티나는 푹 고개를 숙였다.

"언니도 슬럼가에서 하루토 님을 만났군요."

"응. 그때 일이 지금도 선명해. 태어나서 처음 들른 슬럼가에서 그에게 실례를 범했어. 아니, 일방적으로 휘네고 몹시 실례되는 말도 했어."

크리스티나가 이마를 짚고 짙은 죄책감이 배어나는 한숨을 내쉬었다.

"저, 예를 들어서 어떤……?"

플로라가 호기심을 보이며 물었다.

"예를 들면…… 더럽다든가, 냄새난다든가……."

내가 정말 무슨 분별없는 말을 한 걸까. 크리스티나는 9년 전 자신의 언행을 돌아보고 깊은 후회에 빠졌다.

"그건, 정말 심하네요."

플로라도 얼굴이 굳었다.

"맞아. 지금 우리도 더럽고……."

냄새, 나나?

자기 자신은 모르겠지만, 듀란은 그렇게 말했다. 만약 냄새가 난다면 리오는 불쾌한 표정 한 번 짓지 않고 우리를 여기까지 데려온 것인데…….

도저히 버틸 수 없었다.

"……저기, 플로라. 지금 우리, 냄새날까?"

크리스티나가 작심하고 동생에게 물었다.

"네?! 그, 글쎄요?"

갑작스러운 질문에 플로라가 당황했다. 하지만 숲속을 돌아다니느라 땀이 많이 났고 지금도 드레스가 땀 때문에 들러붙어 기분 나빴다.

"……마, 맡아볼게요."

플로라가 드레스 자락을 당겨 새빨간 얼굴로 킁킁 냄새를 맡았다.

"나, 나도……."

크리스티나도 작심하고 드레스 자락을 당겼다. 경망스러운 행동인 줄 알아도 냄새를 맡지 않을 수 없었다. 만약 이상한 냄새가 나서 리오가 맡았다고 상상하니 창피해 죽을 것만 같았다.

"자, 자기 냄새는 모르나 봐요."

잠시 뒤, 플로라가 고개를 들고 말했다.

"응……. 서로 냄새를 맡아볼래?"

크리스티나가 더 객관적으로 판단할 수 있는 확인 방법을 제시했다.

"네, 네."

플로라가 쭈뼛쭈뼛 동의했다.

"그럼 이리 와."

"네……."

두 사람은 서로에게 다가갔다.

"자, 맡을게."

"부탁드려요."

플로라가 동의하자 크리스티나가 목덜미에 얼굴을 가져갔다. 킁킁 냄새를 맡으며 탈의실 문을 보니 수건을 든 리오가 서 있었다.

"아, 아마카와 경?!"

크리스티나가 얼빠진 소리를 질렀다.

"……꺅, 간지러워요. 언니. 앗, 하, 하루토 님?!"

한편, 간지러워하며 몸을 떨던 플로라는 크리스티나의 말에 리오가 돌아온 것을 알아차리고 놀라서 허둥지둥했다.

"음…… 오래 기다리셨습니다."

리오가 조금 민망해하며 말했다.

"이, 이건, 오해입니다!"

"네, 네, 오해예요!"

왕녀 자매가 흥분해서 황급히 변명했다.

"……네, 알겠습니다."

"아, 알겠다니……. 뭐, 뭘 아시겠다는 겁니까?"

"두 분 사이가 아주 좋다고요."

리오가 흐뭇하게 대답했다.

"으……. 마, 맞긴 합니다만, 부, 부끄러운 모습을 보여 드렸습니다."

크리스티나가 새빨개진 얼굴을 숙였다. 플로라도 마찬가지로 얼굴이 새빨개져서 바짝 굳었다.

"수건은 이쪽 선반에 둘 테니 마음껏 쓰세요. 좋은 시간 되세요."

리오는 탈의실 안쪽으로 들어가 선반에 수건을 정리했다. 그리고 그대로 몸을 돌려 나갔다. 목소리에 살짝 웃음기가 있었다.

탈의실 문이 닫히고 크리스티나와 플로라만 남았다

"······씻을까?"

"네."

두 사람은 아직 조금 창피한 기색이 남은 얼굴로 드레스를 벗었다.

◇ ◇ ◇

바위 집 욕실에 첨벙, 하는 소리가 울려 퍼졌다. 크리스티나가 샴푸로 감은 머리카락을 물로 씻어내렸다.

신분상 평소에는 종자가 씻겨주는 일이 많지만, 혼자서 못 씻는 건 아니다. 항상 종자가 씻겨준 시간과 비슷한 시간을 들여 머리카락을 깨끗하게 감고 나무통을 바닥에 툭 놓았다.

"머리만 감아도 개운해서 살 것 같아······."

크리스티나가 황홀한 한숨을 내쉬었다. 그 옆에서 플로라가 아직도 머리카락에 거품을 내고 있었다.

"네. 비누 냄새가 정말 좋아서 행복해요."

플로라가 거품이 난 자기 머리카락을 손으로 잡고 즐겁게 냄새를 맡았다. 그래서인지 크리스티나보다 씻는 데 시간이 걸렸다.

"빨리 안 씻으면 몸 식는다. 너 아직 회복 중이잖니."

크리스티나가 컨디셔너를 머리카락에 바르며 플로라에게 말했다.

"네, 네."

플로라는 다시 머리카락에 거품을 냈다. 머리카락이 길어서 못 감은 부분이 없도록 꼼꼼하게 거품을 냈다.

"으음, 이게 세안용 비누였지?"

이럴 때도 능수능란함이 발휘되는지 크리스티나는 컨디셔너를 머리카락에 바르고 기다리는 동안에 얼굴을 씻기로 했다. 비누 거품을 내서 얼굴에 칠했다.

'하아, 기분 좋다……'

거칠어진 피부가 빠르게 윤기를 되찾는 게 느껴졌다. 크리스티나는 눈을 감고 행복에 휩싸였다. 힘을 조절해서 꼼꼼하게 얼굴을 씻고 마지막으로 거품을 씻었다.

"앗, 언니, 벌써 얼굴까지 씻었어요?"

플로라가 바로 옆에서 그것을 보고 샴푸 거품을 씻어내기 위해 황급히 통에 물을 담았다.

"거품을 깨끗하게 씻어내. 물을 끼얹으면 몸도 젖으니까 초조해하지 마."

크리스티나는 웃으며 말하고 마지막으로 몸을 씻기로 했다. 핸드타월에 보디클렌저를 묻혀 거품을 내고 자주 쓰지 않는 손부터 씻기 시작했다.

'정말 향이 좋아. 비누는 리카 상회가 개발한 게 최고인 줄 알았는데 거품도 그렇고 향도 그렇고 이 비누가 훨씬 좋은 것 같은데……'

다 씻은 후의 머리카락과 피부 상태를 봐야 알겠지만,

크리스티나는 그렇게 생각했다.

'이 비누도 리카 상회 제품인가? 이 집도 그렇고 이 집을 수납한 공간마술 마도구도 그렇고 아마카와 경의 소유물은 수수께끼가 너무 많아.'

크리스티나는 고개를 갸웃거리며 바위 표면을 살린 욕실을 둘러보았다. 왕족인 크리스티나도 처음 보는 명품이 연이어 나타나서 호기심을 완벽하게 억누르라는 것은 잔인한 이야기였다.

하지만 사실 리오는 이 집을 숨기고 싶었을 터였다. 크레이아에서 로다니아로 이동할 때 이 집을 쓰지 않는 걸 봐도 알 수 있었다.

이유는 명백했다. 말을 꺼내면 누구나 원할 것이었다. 비누는 몰라도 이 집과 공간마술 마도구는 양산할 수 없었다.

'출처가 궁금하지만, 캐물으면 안 돼. 가르쳐주더라도 입 밖에 내서는 안 돼. 묻더라도 남에게 말하지 않겠다는 뜻부터 전해야……'

크리스티나는 생각했다. 핸드타월을 쥔 손을 멈추자 보디클렌저 향기가 코를 간질였다.

"냄새 좋다, 정말……."

아주 살짝 고통스럽게 입꼬리를 일그러뜨리며 독백했다. 이 집까지 업혀 오는 동안 리오에게서 난 냄새와 똑같은 향이 났다.

"뭐라고요? 언니."

컨디셔너를 머리카락에 바르고 세안하려던 플로라가 물었다.

"아니. 아무것도 아니야. 나는 몸도 다 씻었는데 등 밀어줄까?"

"네? 정말요? 아, 그래도……."

표정이 밝아진 플로라가 바위 욕조를 보았다.

"모처럼인데 언니는 욕조를 써보는 게 어때요?"

그리고 크리스티나에게 제안했다.

"됐어. 네가 못 들어가는데 나만 들어가면 미안한걸."

"아니에요. 괜찮으면 감상을 들려주세요. 느낌이 어떤지라도 알고 싶어요."

플로라가 기대하는 눈으로 언니를 보았다.

"……그래? 그럼 네가 다 씻을 때까지 잠깐 들어가 볼까?"

"네. 꼭 그렇게 해주세요!"

"그렇다면 기꺼이."

크리스티나는 훗 웃고 욕실 의자에서 일어나 높이 있는 토수구와 연결된 동그란 돌을 건드려 전신의 비누를 깨끗하게 씻었다.

그리고 바위 욕조로 다가갔다.

'욕조가 정말 크다.'

열 명 정도는 거뜬하게 들어가지 않을까? 토수구에서 뜨거운 물이 콸콸 쏟아졌다. 리오의 말대로 항상 깨끗한 상태로 순환하는 모양이었다.

"뜨겁나?"

크리스티나가 수증기가 피어오르는 물을 내려다보며 중얼거렸다. 흔들리는 수면에 크리스티나의 나체가 어렴풋이 비쳤다.

"수건 두르지 않고 이대로 들어가는 거지……."

먼저 오른발부터 조심스럽게 넣자 첨벙하는 소리가 들리고 수면에 파문이 퍼졌다.

"뜨겁지만…… 못 들어갈 정도는 아니야."

크리스티나는 이어서 왼발을 바위 욕조에 넣고 천천히 쭈그려 앉아 욕조에 몸을 담갔다. 뜨거운 물이 온몸을 감쌌다.

"아…… 확실히, 이건……."

물 온도에 익숙해질 때까지 두 눈을 감고 굳은 몸을 풀었다. 무척 기분이 좋아서 크리스티나는 행복한 한숨을 내쉬었다.

"어때요? 언니."

플로라가 얼굴을 씻으려던 손을 멈추고 흥미진진하게 물었다.

"뜨거워서, 정말 기분 좋아. 습관이 되겠어."

크리스티나가 있는 그대로 말했다.

"좋겠어요! 저도 들어가 보고 싶어요."

"몸 회복하면. 자, 손 멈추지 말고 어서 씻어. 수증기 덕분에 따뜻하지만, 알몸이라 몸 식는다."

"네, 네!"

플로라는 그제야 손을 움직여 얼굴을 씻었다.

'어휴. 그래도 아마카와 경에게 받은 약이 효과가 있는 모양이야. 안색이 눈에 띄게 좋아졌어.'

크리스티나는 욕조에 앉아 플로라를 보며 생각했다. 하지만 입꼬리는 부드럽게 미소 짓고 있었다.

그대로 1분 정도 플로라를 지켜보았다.

'머리카락은 감았는데, 물에 안 닿게 하는 게 낫나?'

크리스티나가 갑자기 자기 머리카락을 손에 쥐고 생각했다. 크리스티나의 생각이 맞았다. 사실 욕조에 머리카락을 담그지 않는 게 낫지만, 리오는 그런 쪽으로 지식이 부족해 설명하지 못했다.

수면에 그녀의 긴 머리카락이 둥둥 떠다녔다.

'수건으로 고정하자.'

크리스티나가 천천히 일어났다. 하지만 피가 쏠렸는지 현기증이 났다.

"윽?!"

크리스티나는 다리로 몸을 지탱하지 못하고 첨벙 소리를 내며 다시 욕조에 주저앉았다.

'뭐, 뭐지?'

크리스티나는 당황했다. 이런 적은 난생처음이라 불안했다.

"언니?"

마침 물로 머리카락과 몸을 씻은 플로라가 이상함을 느꼈다. 일어나는가 싶더니 갑자기 주저앉은 크리스티나를 보고 말을 걸었다.

"조금 현기증이 나서……."

"네?! 괜찮아요?"

이마를 짚고 대답하는 크리스티나를 보고 플로라의 표정이 불안해졌다.

"응. 다 씻었으면 같이 나갈까?"

크리스티나가 다시 일어나려고 했지만, 이번에도 현기증이 나서 일어나지 못했다. 시야가 새하얘질 정도로 머리가 멍하고 심장이 두근거렸다.

"하, 하루토 님을 불러올게요!"

플로라는 안절부절못하며 탈의실로 달려갔다. 황급히 몸을 닦아 수건을 두르고 탈의실 문을 열었다.

"저, 저기! 하루토 님, 계세요?"

조금 크게 리오를 불렀다.

"플로라 님, 무슨 일……이십니까?"

리오가 잰걸음으로 탈의실로 다가왔다. 수건 한 장만 두른 플로라를 보고 굳을 뻔하다가 얼른 눈을 피하고 용건을 물었다.

"앗. 그, 그게, 언니 상태가 안 좋아서요."

플로라가 자기 모습이 어떤지 눈치챘는지 얼굴을 붉혔지만, 언니 상태가 이상하다고 알리는 걸 우선했다.

"크리스티나 님이……. 의식은 있으십니까?"

리오의 표정이 갑자기 진지해졌다.

"네."

"그럼 탈의실 문 너머로 크리스티나 님께 여쭤보겠습니다. 플로라 님은 크리스티나 님 곁에 계세요."

"알겠습니다."

플로라는 바로 욕실로 돌아갔다. 리오는 욕실 문이 열리는 소리를 듣고서 탈의실로 발을 들였다.

"……크리스티나 님. 하루토입니다."

리오가 욕실 문 너머로 크리스티나에게 말을 걸었다.

"아, 아마카와 경. 소란을 일으켜 죄송합니다."

크리스티나의 대답이 돌아왔다. 리오는 목소리를 들어보고 그렇게 긴급한 사태는 아니라고 판단했다.

"아닙니다. 증상을 말씀해주시겠습니까?"

"음, 욕조에 몸을 담갔는데 심한 현기증이 나고 시야가 몽롱해 일어날 수가 없어서……."

"욕조에 몸을 담갔는데 심한 현기증이 났다……. 혹시 지금도 욕조 안에 계십니까?"

리오는 크리스티나의 설명을 듣고 혹시나 하며 짐작했다. 증상을 일으킨 원인이 지금도 해소되지 않았을지도 모른다는 생각에 상황을 확인했다.

"네, 네."

욕실에서 메아리 섞인 대답이 들렸다.

"죄송합니다. 제 설명이 부족했습니다. 실례지만, 그건 피가 쏠려서 그렇습니다. 일시적인 증상이니까 안심하세요."

리오는 가슴을 쓸어내리고 증상을 진단했다.

"……피가 쏠려요?"

탈의실과 욕실을 잇는 문 바로 맞은편에 있는지 플로라가 의아해하는 목소리가 들렸다.

"탕에 오래 앉아 있으면 몸의 혈액 순환이 활발해져서 머리에 피가 쏠립니다. 그 때문에 어지럼증이나 현기증이 나는 것을 피가 쏠렸다고 합니다. 혹시 한동안 탕에 앉아 있다가 갑자기 일어나셨나요?"

리오가 갑자기 현기증이 난 원인을 설명하고 물었다.

"……말씀하신 그대로입니다."

"역시. 갑작스러운 혈압 변화에 몸이 놀랐나 봅니다. 들어가 있으면 기분 좋아서 알아차리기 어려운데 1, 2분 만에 머리에 피가 쏠리는 일이 종종 있습니다. 의식을 잃을 정도로 쏠리지 않았으면 천천히 욕조 밖으로 나오거나 욕조 가장자리에 앉아 상반신을 시원하게 하면 곧 나으니 안심하세요. 탕에 오래 앉아 있는 요령이기도 합니다."

리오는 현기증이 날 때의 대처법을 가르쳐주고 오래 목욕하는 방법도 가르쳐줬다.

"그랬군요……. 소란을 피워 정말 죄송합니다."

크리스티나가 창피해하며 떨리는 목소리로 사과했다. 뜨거운 탕에 온몸을 담그는 욕조가 일반적이지 않은 슈트랄 지방에서는 머리에 피가 쏠리는 증상을 겪을 일이 없었다.

"아뇨, 몸을 담그는 욕조에 익숙하지 않으니 그러실 만도 합니다. 제 설명이 부족했습니다. 서두르지 마시고 천천히 나오세요."

"아, 알겠습니다."

"그럼 실례하겠습니다. 시원한 음료를 준비하고 기다릴게요."

리오는 그 말을 남기고 탈의실을 나갔다.

◇ ◇ ◇

크리스티나와 플로라는 욕실을 나와 옷방에서 빌린 원피스로 갈아입고 거실로 나왔다.

"조금 전에는 실례했습니다, 아마카와 경."

크리스티나는 리오의 얼굴을 보자 얼굴을 붉히고 다시 조금 전의 실태를 사과했다.

"아뇨, 정말 신경 쓰지 마세요. 제가 제대로 설명하지 않은 탓입니다. 저야말로 죄송합니다."

"아닙니다, 제 부주의로 일어난 일입니다."

"그럼 서로 신경 쓰지 않기로 하죠."

이대로는 평행선을 달릴 것 같아 리오가 제안했다.

"……감사합니다."

크리스티나는 민망해하며 고개를 숙였다.

"시원한 음료와 지치셨을 테니 소화가 잘되는 음식을 준비했습니다. 입에 맞으실지 모르겠지만, 드시겠습니까? 저도 이제 씻겠습니다."

리오가 거실 테이블을 보며 말했다.

"아마카와 경이 씻고 나올 때까지 기다리겠습니다."

"제가 있으면 아무래도 마음이 편하지 않을 테니 저는 신경 쓰지 마세요. 자매끼리 편하게 계세요."

리오가 마음 쓰며 말했다.

"그렇지 않습니다만……."

"네."

크리스티나가 즉시 부정하자 플로라가 힘차게 고개를 끄덕이며 동의했다.

"영광입니다. 그런데 음식이 식겠습니다. 꼭 따뜻할 때 드세요."

"……알겠습니다."

"감사합니다, 하루토 님."

크리스티나가 꾸벅 고개를 숙이자 플로라도 따라 했다.

"피곤하시면 오늘은 먼저 주무셔도 괜찮습니다. 저쪽 방 둘 다 손님방이니 잠이 오면 무리하지 말고 편하게 쓰세요."

"하나부터 열까지 감사합니다."

"그럼 저는 이만."

리오는 그 말을 남기고 자리를 떠났다.

그로부터 30분도 지나지 않아 리오가 욕실에서 돌아왔

다. 마침 크리스티나와 플로라도 식사를 마쳤지만, 역시나 플로라의 체력 소모가 심했는지 강한 수마가 덮친 듯했다.

크리스티나의 얼굴에도 피곤한 기색이 역력해서 이날은 무리하지 않고 푹 쉬기로 했다.

Ⅸ 제 3 장 ⅺ ❋ 미래에 관하여

다음 날 아침.

루시우스에게 복수한 지 하룻밤이 지났다.

해가 뜨기 시작한 시각. 일어나기에는 조금 이른 시간이지만, 바위 집 밖에 펼쳐진 하늘은 구름 한 점 없이 맑았다.

기분 좋은 바람이 불었다. 그런 아침에 리오는 바위 집 바로 옆에서 일과인 새벽 훈련 중이었다.

왕립학원 시절부터 몸에 밴 일과라서 그런지 자연스럽게 눈에 떠졌다. 별다른 이유 없이 훈련을 게을리하면 마음이 불편해서 일어나면 집 밖으로 나가 검을 휘둘렀다.

리오는 마음에 그린 것과 조금의 차이도 없이 검을 휘둘렀다. 다양한 형식으로 몇백 번 휘두르다 보니 어느새 일정 기준을 달성했다.

'……할당량은 채웠고.'

리오는 검을 멈췄다. 바로 검을 거둘 마음이 들지 않아 멍하니 검을 쳐다보았다.

'어제, 나는 이 손으로 루시우스를 죽였어…….'

갑자기 어제 일이 떠올랐다.

루시우스를 죽였다는 죄책감은 들지 않았다. 죽이지 않았더라면 다른 사람들까지 휘말렸을 테고 죽어도 싼 남자였다.

그저 형용하기 어려운 불쾌감이 들었다.

루시우스를 죽여봤자 잃어버린 과거가 원래대로 돌아오는 일은 없기 때문이었다. 돌아가신 부모님이 돌아올 리 없으니 분노를 씻어낼 수 없었다.

하지만 알고 있던 일이었다. 복수 끝에 아무것도 남지 않더라도, 아무것도 얻지 못하더라도 그 길을 관철하기로 했다.

그리고 정말 관철했다.

관철해서 드디어 복수했다.

'계속 과거를 보며 살아왔다. 복수만 할 수 있다면 내일이 오지 않아도 상관없다고 생각하며 걸어왔어. 하지만⋯⋯.'

내일이 있다.

리오가 돌아오기를 기다리는 사람들이 있다.

바위 집에 있는 미하루와 라티파, 사라와 오피아와 아르마, 그리고 로다니아에 있는 세리아와 아이시아. 그들과 함께 내일을 맞이하고 싶은 나.

'⋯⋯신기해.'

불쾌감은 남았지만, 마음은 평온했다.

이유는 고민할 것도 없었다.

'돌아갈 곳이 있어서 그런가⋯⋯?'

솔직히 이기적인 욕구를 따라 살아온 자신이 돌아가도 될까? 너무 나 좋을 대로 생각하는 거 아닌가? 하는 생각이 들었다.

'이기적이라도 좋아. 돌아가자.'

돌아가서 남은 인생을 평온하게 살자.

소중한 사람들의 평온을 지키기 위해 살자.

그게 루시우스에게 진정으로 복수하는 것이다, 라고 생각했다.

'더는 잃고 싶지 않아. 그러니까 앞으로는 지키기 위해 살자. 모두가 행복했으면 좋겠어. 나는 그걸 위해 검을 들 거야. 모두의 곁으로 돌아가자.'

이 세상에는 부조리한 일이 넘치니까 지킬 힘이 필요했다. 루시우스를 죽인 지금, 리오의 생각은 그러했다.

그때, 바위 집 현관이 끽 소리를 내며 열렸다. 리오는 문 쪽을 보았다. 그곳에는 살그머니 얼굴을 내민 소녀들이 있었다. 크리스티나와 플로라였다.

"좋은 아침입니다."

리오는 검을 멈추고 자매에게 인사했다.

"……."

그러나 두 사람은 눈만 동그랗게 뜨고 서 있었다.

"왜 그러세요?"

리오가 이상하게 여기며 고개를 갸웃거리고 물었다.

"아, 아뇨. 머리카락이 검은색이라서……."

크리스티나가 놀란 이유를 말했다.

"아. 이 집에서는 숨길 필요가 없어서요. 머리카락 색깔을 바꾸는 마도구를 벗었습니다. 이 색으로 두 분과 만나는 건 4년 만인가요?"

리오는 가볍게 어깨를 으쓱했다.

"……머리카락 색깔 하나로 인상이 크게 바뀌는군요. 이렇게 보니 예전 모습이 또렷하게 보입니다."

"네. 리오 님이에요……."

플로라가 리오의 얼굴을 물끄러미 보며 고개를 끄덕였다.

"슈트랄 지방에서는 특이한 색이니까요. 그건 그렇고 아직 이른 시간인데 푹 주무셨습니까?"

"네, 침대가 아주 편해서 덕분에 숙면했습니다. 빨리 잠자리에 든 덕에 둘 다 일찍 깼지만요."

리오가 조금 낯간지러워하며 화제를 돌렸다. 크리스티나는 함께 화제를 돌리고 키득 웃었다.

"다행이네요."

"거실에 불이 켜있는데 인기척이 없어서 아마카와 경이 밖에 계신 줄 알았습니다만, 아침 훈련입니까?"

"네. 마침 끝내려던 참입니다."

"이렇게 이른 아침부터 노력가이시군요."

"그냥 일과입니다."

"그렇습니까? 학원 다닐 무렵, 방과 후에 홀로 훈련하는 모습을 몇 번 봤습니다. 도서관에서 열심히 공부하는 모습도."

크리스티나가 웃으며 당시를 떠올렸다.

"언니, 사실은 리오 님을 챙겨보셨군요?"

플로라가 호기심을 보이며 만했다. 당시에 그리스디니

가 리오와 엮이지 말라고 못 박은 것이 생각났다.

"채, 챙겨보다니, 내 행동 범위와 겹쳐서 그래. 그보다 너도 나와 종종 같이 있었잖아."

크리스티나가 뺨을 붉히고 변명했다.

"그렇네요. 크리스티나 님은 도서관에서 종종 뵌 기억이 납니다……."

리오가 학원 시절의 기억을 끄집어냈다.

"아침밥 차리겠습니다. 아침에는 추우니 안으로 들어갈까요? 따뜻한 음료를 챙겨드릴게요."

리오는 검을 거두고 집 안으로 들어갔다.

그 후, 바위 집 거실 탁자에서.

세 사람은 중요한 이야기 전에 아침을 먹기로 했다. 메뉴는 버섯 달걀 죽, 폭신한 오믈렛, 반찬으로 소시지와 베이컨, 수프, 샐러드. 음료는 사과 주스를 준비했다.

"잘 먹겠습니다."

밥을 먹기 시작했다.

"맛있다……."

"정말, 대단히 맛있어요!"

크리스티나와 플로라가 입가에 손을 대고 감상을 말했다. 눈을 깜빡이며 조용히 중얼거린 언니와 기쁨을 솔직하게 표현한 동생이 참 대조적이었다.

"입에 맞으시다니 다행입니다. 어제는 소화가 잘되는 죽을 드셨으니 아침에 속이 허할 것 같아 조금 많이 차렸습니다. 많이 드세요."

리오의 말에 왕녀 자매가 여러 음식에 손을 댔다.

"하루토 님은 이렇게 맛있는 음식을 어디서 배우셨나요?"

플로라가 문득 물었다.

"요리의 기초는 학원 도서관에서 책으로 배웠고 혼자 살게 되며 연습하기 시작했습니다. 미하루 씨를 보호하면서 용사님 세계의 요리도 배우고 요리 범위를 넓혔다고 보시면 됩니다."

"미하루 님……. 무도회에서 잠깐 대화를 나눈 정도지만, 무척 상냥한 분이셨어요. 지금은 로다니아 밖에 계신 거죠?"

플로라가 미하루의 인상을 말하고 물었다.

"네. 사라 씨 일행의 호위를 받으며 안전한 곳에서 지내고 있습니다."

"……대답하기 곤란하면 안 하셔도 됩니다. 레스토라시온에 합류하기까지 세리아 선생님도 아마카와 경과 미하루 씨와 함께 지냈습니까? 그, 아마카와 경의 정체를 알고서……."

화제가 바뀌자 마침 잘됐다 싶었는지 크리스티나가 리

오의 안색을 살피며 세리아 이야기를 꺼냈다. 어디까지 캐물어도 되는지 헤아리는 듯 조금 긴장한 것처럼 보였다.

"네. 세리아…… 선생님은 제 정체를 압니다. 이 집과 똑같은 다른 바위 집이 있는데 거기서 세리아 선생님과 미하루 씨, 사라 씨 일행도 함께 지내고 있습니다. 어제 약속드린 대로 제 과거를 공언하지 않겠다고 약속해주시면 고집스럽게 숨기지 않겠습니다. 필요한 정보는 이야기할 테니 그렇게 긴장하지 마세요."

레스토라시온 소속인 세리아의 미래를 생각하면 두 사람과 우호 관계가 되어야 했다. 리오는 크리스티나의 질문에 대답하고 그들이 긴장하지 않도록 상냥하게 말했다.

"……네."

조금 긴장이 풀렸는지 크리스티나가 어깨의 힘을 빼고 고개를 끄덕였다.

"이것저것 말하다 보면 이야기가 길어질 테니 밥부터 먹을까요? 밥은 따뜻할 때 드셨으면 좋겠습니다."

리오는 되도록 편하게 웃었다. 문득 보인 그 표정은 리오가 일찍이 학원 시절에 세리아에게 짓던 표정 같았다.

"……네."

크리스티나와 플로라는 숨을 삼키고 고개를 위아래로 끄덕였다.

세 사람은 밥을 먹으며 음식 이야기로 이야기꽃을 피웠다. 크리스티나와 플로라는 역시나 배고팠는지 깨끗하게 그릇을 비웠고 그렇게 식사 시간은 끝이 났다.

◇ ◇ ◇

리오는 식후 차를 준비해 다시 거실 테이블에 앉았다. 그리고 맞은편 자리에 앉은 왕녀 자매를 보았다.

"제 과거에 관해 질문이 있다면 들어드리겠습니다만, 먼저 앞으로의 일정부터 정해볼까요?"

리오가 말을 꺼냈다.

"네."

크리스티나가 고개를 끄덕였다.

"두 분이 실종된 지 이틀이 지났습니다. 지금쯤 로다니아는 난리가 났겠군요."

"……그렇겠죠."

"두 분의 실종이 레스토라시온에 어떤 영향을 줄까요?"

리오가 크리스티나를 보며 물었다.

"큰 동요가 일어날 것은 틀림없고 그 틈을 놓치지 않고 레스토라시온을 배신하는 귀족이 나올 겁니다. 최악의 상황에는 조직이 분열할 우려도 있습니다."

"역시 그렇겠군요."

크리스티나가 어두운 얼굴로 대답하자 리오가 얼굴을 찌푸리며 끙끙거렸다.

정치에 있어서 파벌을 정당하하는 대의명분이 준요했

다. 명분이 없으면 레스토라시온 소속 귀족들은 본국 정부를 거스르는 역적일 뿐이었다.

레스토라시온이라는 조직은 현 국왕의 딸이자 왕위계승권 1위와 2위를 보유한 크리스티나와 플로라가 존재함으로써 정당성을 유지했다. 두 사람이 실종되면 정당성을 잃을 수밖에 없었다.

"유그노 공작과 로턴 후작 같은 조직의 주도자는 숙청 대상이니 인제 와서 물러날 수 없겠지만, 핵심인 우리를 잃은 상태로 본국 정부에 반항할 기개 있는 말단 귀족은 그리 많지 않습니다."

크리스티나가 딱 잘라 말했다.

"용사인 히로아키 님도 핵심이 될 수 있지 않을까요?"

플로라가 조심스럽게 발언했다.

"히로아키 님이라면 핵심이 될 수 있지만, 나나 네 배우자라도 되지 않는 한, 벨트람 왕국과 인연이 없어. 본국 정부와 싸우는 핵심이 되기에는 아직 부족한 상태야. 이미 우리 중 한 명과 혼인했더라면 이야기가 달랐겠지만……."

현재 상황에 히로아키는 정당성을 보강하지만, 근본 있는 존재는 아니었다. 예를 들자면 착용한 사람을 돋보이게 하는 액세서리에 지나지 않았다.

"그렇군요……."

사태를 파악했는지 플로라의 표정이 어두워졌다.

"슈트랄 지방의 지도입니다. 지금 우리가 있는 곳은 파라디아 왕국. 로다니아까지 느긋하게 걸어서 이동하면 날씨에 따라 다르겠지만, 한 달 반은 걸리는 거리네요."

리오가 미리 준비한 지도를 테이블에 펼치고 파라디아 왕국의 위치를 검지로 가리켰다.

"......."

크리스티나의 표정은 여전히 안 좋았다.

"너무 오래 걸리네요. 몇 주나 걸리면 조직에 악영향이 커요."

리오가 그 이유를 지적했다.

"네. 유그노 공작도 묵묵히 사태가 악화하는 걸 보고만 있지는 않을 테니 무슨 대책을 세우긴 하겠지만……."

"상황을 개선할 타개책은 레스토라시온에 없다는 말씀입니까?"

"히로아키 님을 활용하는 방향으로 계획을 짤 겁니다. 하지만 레스토라시온만으로는 방법이 없고, 숙청당할 테니 본국 정부를 의지할 수도 없습니다. 그렇다면……."

크리스티나는 리오의 물음에 대답하며 생각에 잠겼다.

"아마카와 경, 부탁이 있습니다."

생각을 정리했는지 리오를 쳐다보며 말했다.

"뭔가요?"

"로다니아가 아닌 가르아크 왕국의 왕도 가르투크로 갈 수 있을까요?"

크리스티나가 부탁했다.

"괜찮습니다만, 왜죠?"

"유그노 공작이 가르아크 왕국에 도움을 청할 가능성이 큽니다. 아니, 가르아크 왕국을 의지하는 것 외에 달리 효과적인 타개책이 없습니다. 상당히 아슬아슬한 고육지책이지만, 다른 묘안이 떠오르지 않는군요."

"무슨 계획입니까?"

리오는 레스토라시온의 내부사정을 모르기 때문에 필요한 정보를 얻기 위해 크리스티나에게 물었다.

"히로아키 님을 레스토라시온의 핵심으로 내걸려면 최소한 신분을 유지 중인 벨트람 왕국 왕가의 핏줄과 결혼해야 합니다."

크리스티나가 대전제를 말했다. 요컨대 현시점에 벨트람 왕국의 왕족인 사람과 혼인을 맺어야 한다는 말이었다. 왕족이 아닌 사람과 결혼해서 왕족이 신분을 잃는 상황이 있었다.

"레스토라시온에서 조건을 만족하는 건 저와 플로라뿐. 그래서 조건에 맞는 사람을 레스토라시온 외부에서 찾아야 하는데 조건을 만족하는 사람이 있어도 유그노 공작이 본국 정부를 의지할 수 없다는 것은 이미 아실 겁니다. 그렇다면 가르아크 왕국에 있는 벨트람 왕국의 왕족과 혼인해야 한다는 이야기가 됩니다."

"……가르아크 왕국에 벨트람 왕가 사람이 있습니까?"

크리스티나의 설명을 듣고 리오가 물었다.

"이미 돌아가셨지만, 프랑수아 국왕 폐하의 자당께서 벨트람 왕국 선대 국왕의 동생, 그러니까 제 고모할머니이십니다. 그리고 다른 국가 왕족끼리 혼인할 시, 타국으로 시집간 왕족은 조국에서의 지위를 잠재적으로 유지하고 일정 상황에 그 지위를 주장할 수 있다는 특례가 있는데 당사자의 이촌 내 직계비속에게도 적용됩니다."

이촌 내 직계비속이란 본인의 자식과 손자를 말했다.

"그렇다면…… 예를 들어 프랑수아 국왕 폐하의 자녀인 샤를로트 왕녀 전하가 그 특례로 벨트람 왕국 왕족의 지위를 주장할 수 있다는 말씀입니까?"

리오는 자기가 아는 인물을 예로 들어 질문했다. 동시에 연회에서 자신을 놀리던 샤를로트의 얼굴이 떠올랐다.

"네. 제3 왕녀인 로잘리 공주도 조건에 맞는군요. 하지만 벨트람 왕국 왕족의 지위를 주장할 수 있는 상황이 한정적이라 벨트람 왕가 사람이라고 주장하는 일이 거의 없어서 이제까지는 문제가 없었습니다만……."

"앞으로 그 한정적인 상황이 생겨서 문제가 생길지도 모른다는 말씀이시군요?"

그게 대체 어떤 상황인가? 리오가 간접적으로 물었다.

"네. 지위를 주장할 수 있는 상황은 간단합니다. 소속 국가 이적입니다. 즉, 가르아크 왕국 왕실에서 벨트람 왕국 왕실로 옮기는 것. 본인 뜻을 가장 존중하기 때문에 이적할 왕실은 정당한 이유가 없는 한, 이적을 거부할 수 없습니다. 따라서 샤를로트 공주와 로잘리 공주가 벨트람 왕가 사람이 되는 것도 가능합니다."

크리스티나는 특례가 적용되는 상황을 설명했다.

"……하지만 그렇게 쉽게 이적을 인정하면 여러모로 성가신 일의 씨앗이 되지 않겠습니까? 양국의 허가가 없으면 더욱이."

리오가 의문을 꺼냈다. 본인의 의사만으로 이적할 수 있으면 멋대로 뭐 하는 짓이냐고 현재 있는 왕실에서 격노할 테고 이적할 왕실에서는 상속 다툼이나 파벌 분쟁이 일어날 수 있었다.

"그렇습니다. 이 특례는 본래 자국의 왕위를 이을 후계자가 없거나 타국에 위기가 발생했을 때 자국 왕가의 혈연을 받아들이려고 만든 것이니까요. 비상시가 아니면 현재 있는 나라의 국왕과 이적할 나라의 국왕이 대화로 합의하고 이적하는 것이 일반적이고, 양국의 회의 결과에 따라 이적이 인정되지 않은 적도 있습니다. 아니, 그 외의 상황에 이적한 선례가 없습니다."

요컨대 타국에서 후계자를 맞이하는 상황에는 이적할 곳의 왕실이 거부할 리 없고 목숨이 위태로워 명망을 원하는 자국 왕가의 핏줄에게 퇴짜를 놓는 것은 도의상 있을 수 없는 일이었다.

"그럼 앞으로 유그노 공작이 가르아크 왕국에서 샤를로트 님이나 로잘리 님을 맞이한다면 왕위를 이을 후계자가 없는 상황이라는 명목으로 움직이겠군요?"

"네, 그렇게 갖다 붙일 테죠. 프랑수아 국왕 폐하의 딸을 히로아키 님의 약혼자로 데려오면 가르아크 왕국이 앞으로도 레스토라시온의 뒷배가 되어주겠다는 증거도 되니까요……. 조직의 정당성을 의심하는 자가 일정 수 나타나더라도 말단 귀족들의 배신을 막을 수 있을 겁니다."

크리스티나가 말했다. 조직의 정당성을 의심하는 자가 일정 수 나타난다고 예상한 것은 크리스티나와 플로라가 히로아키와 혼인할 때와 비교해서 정당성이 부족하기 때문이었다.

그리고 이후로 레스토라시온 운영에 가르아크 왕국이 더 손을 댈 구실도 되니까 그것도 이의를 주장할 구실이 됐다.

"그렇게 되면 대화가 어느 정도 진행된 상태에서 크리스티나 님과 플로라 님이 살아계신 것이 밝혀지면 여러모로 귀찮은 사태가 벌어지겠군요."

크리스티나와 플로라가 있는데 가르아크 왕가의 딸이 히로아키와 결혼하게 되기 때문이었다. 용사와 왕족의 약혼이 한 번 공표되면 말을 물리기 쉽지 않았다.

"말씀하신 그대로입니다. 유그노 공작은 상당히 초조할 테니 가르아크 왕국에 빨리 말을 꺼내겠죠. 저와 플로라가 실종된 현재, 레스토라시온이 활로를 열 수 있는 유일한 선택이라고도 할 수 있으니까요. 그렇기에 귀찮은 사태를 피하고자 제일 먼저 가르아크 왕국의 왕도로 가고 싶습니다."

"……알겠습니다. 그럼 목적지는 가르투크로 하죠. 일정을 엄밀하게 짜야겠네요. 며칠 더 플로라 님의 상태 변화를 관찰하고 싶었는데 어쩌면 빨리 떠나야 할지도 모르겠습니다."

리오가 지도를 내려다보며 말했다.

"덕분에 많이 좋아졌습니다. 뭣하면 오늘 출발해도 괜찮을 정도로 건강해요!"

플로라가 두 주먹을 불끈 쥐고 힘차게 주장했다.

"안 돼. 너 어제까지 중독돼서 고열로 쓰러졌잖아? 경과를 지켜보지 않고 떠나는 건 허락 못 해."

크리스티나가 즉시 일축했다.

"저도 동의합니다. 하다못해 오늘 하루라도 푹 쉬면서 몸에 이상한 데는 없는지 확인해보죠."

리오도 크리스티나의 말에 동의했다.

"……네."

플로라는 두 사람의 진지함에 눌려 쭈뼛쭈뼛 고개를 끄덕였다. 하지만 자기를 걱정해줘서 기뻤는지 입꼬리가 살짝 올라갔다.

"한 달 반은 너무 오래 걸리지만, 제가 두 분을 안고 이동하면 시간을 대폭 단축할 수 있습니다. 구체적으로는 여기서 가르투크까지 길어도 일주일 정도겠군요."

리오가 가르투크까지 소요되는 날짜를 말했다. 날씨를 고

려하고 정령술로 하늘을 날아 이동하는 전제로 나온 숫자였
다. 사실은 더 일찍 도착할 수 있지만, 두 사람을 안고 이동
해야 해서 속도를 줄이고 일일 비행시간도 적게 잡았다.

"이, 일주일?!"

"이미 아시다시피 저는 하늘을 날아 이동할 수 있으니까요.
아, 그리고 시간상 얼마나 여유가 있다고 생각하십니까?"

놀라는 크리스티나에게 리오가 물었다.

"……우리가 실종되고 적어도 며칠은 계속 수색하겠죠.
다만, 유그노 공작이니만큼 우리가 죽었을 때를 대비해서
동시에 프랑수아 국왕 폐하와 이야기를 진행할 겁니다. 밑
작업을 진행하고 대화가 성립되는 기간을 생각하면 실종
열흘 전후로 가르아크 왕국 왕도에 우리의 생존을 알리고
싶습니다. 가르투크까지 일주일이 걸린다면 2, 3일은 플로
라를 요양시킬 수 있겠군요. 그나저나 만반의 준비를 위해
한 가지 부탁이라고 해야 하나, 제안이 있습니다만…….."

크리스티나가 지도를 내려다보며 말했다.

"뭔가요?"

리오가 고개를 갸웃거리며 물었다.

"가르아크 왕국으로 가는 길에 있는 동맹국 도시에 들를
수 있겠습니까?"

"상관없습니다만…… 왜 그러시죠?"

"큰 도시에는 원거리 통신이 가능한 마도구가 있을 겁니
다. 아무나 쓸 수 없지만, 우리가 정체를 밝히면 쓸 수 있

겠죠. 그 마도구로 가르투크에 미리 우리의 생존을 알릴 수 있지 않을까요?"

크리스티나가 제안했다.

"아하, 그러면 가르투크에 더 빨리 연락할 수 있겠군요. 하지만 그 마도구는 통신할 수 있는 범위가 한정되어있지 않습니까? 수신용 마도구만 있으면 누구나 엿들을 수 있어서 은밀한 정보를 주고받을 때는 적합하지 않다고 들었습니다. 괜찮을까요?"

책으로 읽고 남에게 들어서 쓰지 않았던 리오는 그 마도구가 쓰기 좋은지 어떤지 몰랐다.

"문제없습니다. 통신 범위 내에 반드시 도시가 있어서 연락망을 형성해 도시에서 도시로 정보를 전달합니다. 은밀한 정보 발신에 적합하지 않은 건 맞지만, 암호를 쓴다든가 대책을 세우고 씁니다."

"알겠습니다. 그러면 괜찮은 동맹국이……."

리오가 지도를 내려다보았다.

"루비아 왕국이 가장 적합합니다."

미리 점 찍어놨는지 크리스티나가 루비아 왕국을 가리켰다.

"이 위치라면 두 분을 안고 여기서 반나절이면 갈 수 있겠네요."

리오가 지도 위치를 보고 말했다.

"바, 반나절. 대, 대단하네요……."

크리스티나는 가르투크까지 걸리는 시간을 듣고도 놀랐다. 걸어서 이동하면 며칠은 걸리기 때문이었다.

"오늘로 두 분이 실종된 지 이틀. 플로라 님의 상태가 회복됐는지 보기 위해 2, 3일을 보내도 실종된 지 나흘이나 닷새. 루비아 왕국까지 가는 데 이틀 걸린다 치고 합치면 길어도 이레. 거기서 마도구로 연락하면 시간이 충분할까요?"

"네. 충분하고도 남을 정도입니다."

크리스티나의 얼굴에 처음으로 안도하는 기색이 떠올랐다.

"원하신 대로 돼서 다행입니다. 일정 회의는 이 정도면 될까요? 이동 루트는 제가 짜겠습니다."

"네. 완벽합니다. 또 하나부터 열까지 아마카와 경에게 의지해서 대단히 죄송합니다만……."

"어차피 갈 방향이 같고 큰 고생도 아니니 신경 쓰지 마세요."

리오는 미안한 기색이 역력한 크리스티나의 말을 가볍게 받아넘겼다. 그러나 크리스티나의 표정은 밝아지지 않았다.

"……당신에게 감사할 일과 사과할 일이 산더미 같습니다. 당신에 관해서 몇 가지 여쭤도 되겠습니까?"

무언가를 결심한 듯이 리오를 바라보며 말을 꺼냈다.

"대답할 수 있는 것이라면요."

리오는 막힘없이 대답했다.

"우선 야외연습 때 무슨 일이 있었는지 자세히 듣고 싶습니다."

"플로라 님이 절벽에서 떨어진 사건에 관해서요?"

"그것도 맞지만, 당신이 플로라를 대신해 절벽에서 떨어진 후의 이야기이기도 합니다. 플로라 앞에서 미노타우로스를 쓰러뜨렸다는 보고는 들었습니다만……."

절벽에서 떨어진 후에 대체 무슨 일이 있었는지 아는 사람은 리오뿐이었다.

"무슨 일이 있었는지 가르쳐드리기 전에 저도 부탁이 있습니다. 지금부터 할 이야기는 제 허락 없이 누구에게도 말하지 않겠다고, 말로도 괜찮으니 맹세해주시겠습니까? 숨기고 싶은 정보를 말할 수도 있어서요."

리오는 제일 먼저 지금부터 말할 정보를 비밀로 하겠다는 맹세를 받기로 했다.

"알겠습니다. 크리스티나 벨트람의 이름을 걸고 당신에게 들은 이야기를 당신의 허락 없이 말하지 않겠다고 맹세합니다. 너도 괜찮지? 플로라."

크리스티나가 진지한 얼굴로 결연하게 고개를 끄덕였다. 말뿐이어도…… 아니, 말로 한 약속이기에 반드시 지켜야 한다고 생각했다.

만약 약속을 깨면 앞으로 영원히 리오의 신용을 잃을 게 틀림없었다. 크리스티나에게 그것은 절대로 범해서는 안 되는 금기였다.

"네, 네. 맹세합니다."

언니의 각오가 전해졌는지 플로라가 긴장하며 동의했다.

"감사합니다. 두 분의 맹세를 믿고 무슨 일이 있었는지 말씀드리겠습니다."

리오는 감사를 표하고 꾸벅 고개를 숙였다.

"먼저 설명할 것이 있습니다. 어렴풋이 눈치채셨겠지만, 제가 쓰는 마법은 마법이 아닙니다."

우선 정령술부터 말하기로 했다.

정령술을 설명하지 않고 얼버무리면 무슨 일이 있었는지 설명하기 어려울 것 같았다. 숨기면 수상하게 여길 게 분명하니 차라리 비밀 서약을 시키고 정령술을 가르쳐주는 편이 낫다고 판단했다.

리오는 오른손을 가볍게 들고 손바닥에 작은 물을 만들었다.

"……."

크리스티나와 플로라는 숨을 삼키고 굳었다. 리오의 말대로 리오가 쓴 술이 마법이 아니리라 예상은 했지만, 충격적이었다.

"이건 정령술이라고 마술과 다른 방법으로 다양한 현상을 일으키는 기법입니다. 육체에 술식을 새겨 쓰는 마법과 다른 점은 주문을 외울 필요가 없다는 점, 현상은 술사의 기량에 따라 다양하게 응용해서 일으킬 수 있다는 점, 마법보다 습득하는 시간이 오래 걸린다는 점입니다."

리오는 설명하며 방금 만든 물을 조종해 마법으로는 한

수 없는 일을 일으켰다. 지름 몇 센티미터의 물을 양손으로 저글링하고 개 모양으로 바꿨다가 고양이로 바꿨다.

"괴, 굉장해……."

"귀여워……."

자유자재한 정령술에 놀란 크리스티나와 대조적으로 플로라는 물이 개와 고양이 모양으로 변하자 감동해서 눈을 반짝였다.

"이런 것도 할 수 있습니다."

리오는 물로 만든 고양이를 테이블에 착지시키고 플로라 앞까지 걸어가게 했다.

"귀, 귀여워요! 마, 만져도 되나요?"

더 감동한 플로라가 조심스럽게 고양이에게 손을 뻗으며 리오에게 물었다.

"네. 그럼요."

리오는 물로 만든 고양이를 원격으로 조종해 플로라의 손에 올렸다.

"와, 차가워……."

플로라가 살짝 손을 떨었다. 이 고양이가 물이라는 게 감촉으로 전해졌다. 하지만 고양이의 행동이 아주 현실적이었다. 고양이가 고개를 갸웃거리며 플로라를 쳐다보았다.

"……이 고양이는, 자유의지가 있나요?"

크리스티나가 물로 만든 고양이를 물끄러미 바라보며 물었다.

"아뇨. 제가 원격으로 조종하는 겁니다. 크리스티나 님의 손으로 이동시켜볼까요?"

리오는 물로 만든 고양이가 플로라의 손에서 뛰어내리게 했다. 다시 테이블에 착지시키자 이번에는 크리스티나에게 다가가 손으로 뛰어올랐다.

"정말, 차갑네요. 살아있는 것 같은데⋯⋯."

크리스티나는 눈을 깜빡이고 물로 만든 작은 고양이를 내려다보았다. 그러자 작은 고양이가 다시 테이블로 뛰어내려 터벅터벅 리오 곁으로 돌아갔다. 그리고 흔적도 없이 사라졌다.

"귀여웠는데⋯⋯."

플로라가 조금 아쉬워하며 중얼거렸다.

"⋯⋯플로라."

크리스티나가 분위기를 파악하라며 가볍게 헛기침하고 플로라를 불렀다.

"네, 네."

플로라는 꾸벅꾸벅 고개를 끄덕였다.

"괜찮으시다면 설명을 마친 후에 또 만들어드릴게요."

리오가 키득 웃고 제안했다. 플로라의 눈이 빛났다.

"정령술⋯⋯. 마력을 소비하는 점은 마법과 똑같나요? 제가 아는 한, 슈트랄 지방에는 전혀 보급되지 않은 것 같습니다만⋯⋯."

크리스티나가 가벼운 한숨을 내쉬더니 마음을 다잡고

물었다.

"앞에 하신 질문에 관해서는 그렇습니다. 뒤에 하신 질문은 천 년 전의 신마전쟁기에 마술과 마법이 보급된 결과, 슈트랄 지방에서 사라졌기 때문이라고 생각합니다."

"……왜 사라졌을까요?"

"아까 말씀드렸다시피 정령술 습득이 마법보다 훨씬 오래 걸리기 때문입니다. 극단적으로 말하면 마법은 마법을 쓸 때 필요한 마력만 있으면 한 달 정도 훈련하면 초보자도 쓸 수 있잖아요? 술식을 몸에 새기기만 하면 마력 제어가 좀 미숙해도 발동합니다."

"네."

"반면 정령술을 실전에서 쓰는 수준까지 습득하려면 재능에 따라 걸리는 시간이 다르겠지만, 평범한 사람이라면 몇 년 단위의 수행이 필요합니다."

"그렇구나……."

크리스티나가 당황했다.

"마법은 세상의 현상을 바꾸는 기법인데 그 바꾸는 작업을 대부분 술식에 맡긴다는 건 아시죠?"

리오가 말했다. 왕립학원에서 배운 것이었다.

"네."

크리스티나가 곧바로 대답했다.

"정령술은 술식이 하는 세상을 바꾸는 작업을 인간이 스스로 하는 것입니다. 그것을 배우는데 몇 년이 시간이 길린다고 생각해주세요. 달리 사라진 이유가 있다면 전쟁 같은 상황에 군대를 통솔하는 지휘관에게는 일률적으로 똑같은 현상을 일으킬 수 있는 마법이 더 쓰기 편했기 때문이 아닐까요?"

"그렇군요."

"그리고 지금은 그런 거였구나, 하고 흘려 들으셨으면 하는데 정령술은 몸에 술식을 새기면 쓰지 못합니다. 학원에 있을 무렵에 제가 마법을 쓰지 못한다는 이야기가 퍼진 걸로 아는데 그건 제가 이미 정령술을 썼기 때문입니다."

사실은 정령인 아이시아와 계약해서 술식 계약에 실패하고 마법을 습득하지 못한 것이지만, 정령까지 말하면 복잡해지니까 일부러 설명은 생략했다.

"그런 거였군요……."

크리스티나와 플로라의 눈이 커졌다.

"많은 이야기를 하기 전에 설명이 필요할 듯해서 정령술에 관해 말씀드렸습니다만, 주제를 많이 벗어났으니 왕립학원에 다닐 때 제가 절벽에서 떨어진 이후의 이야기로 돌아갈까요?"

드디어 본론에 들어갔다.

"절벽에서 떨어진 후, 저는 정령술을 써서 지면에 착지했습니다. 그리고 바로 절벽 위로 올라갔는데 누가 플로라님을 떠밀었냐는 말이 오가더군요."

리오는 크리스티나와 플로라가 모르는 당시 있었던 일

을 말했다. 정령술에 관해 가르쳐줬으니 절벽에서 떨어지고도 무사했던 이유는 자세히 말하지 않았다.

"……그때, 당신도 그 자리에 있었군요."

크리스티나가 당시 현장의 대화 내용이 떠올랐는지 괴로운 표정을 지었다.

"네. 나서지 못하고 나무 그늘에 숨어 이야기가 어떻게 흘러가는지 지켜봤습니다. 제가 유그노 공작의 아들을 떠밀었고 거기에 플로라 님이 휘말려 절벽으로 떨어졌다고, 다름 아닌 유그노 공작의 아들이 주장했었죠."

리오는 화가 났다기보다는 어이없어하며 쓴웃음 지었다.

"……죄송합니다."

"저, 저도 사과드립니다."

그러자 크리스티나와 플로라가 창백한 얼굴로 사과했다.

"아뇨, 플로라 님은 떠밀린 피해자였고 크리스티나 님이 제게 누명을 씌운 것도 아니죠. 사과하실 필요 없습니다."

리오가 고개를 내저었다.

"하지만……."

"누가 플로라 님을 떠밀었는지 못 보셨죠? 그리고 플로라 님이 제 편을 들어주신 거 기억합니다. 그러니까 신경 쓰지 마세요."

리오가 반박하려는 두 사람을 말렸다.

"……누가 플로라를 절벽에서 떠밀었는지, 아마키의 정

은 아십니까?"

크리스티나가 진실을 알고자 리오에게 물었다.

"압니다만, 인제 와서 알아도 소용없지 않나요? 제 말이 진실이라는 보장도 없습니다. 객관적으로 증명할 방법이 없으니까요."

"그렇다 해도 어제도 말씀드렸듯이 저는 당신의 말을 믿습니다. 그때, 당신이 기습에 놀라 이성을 잃고 다친 자신을 떠밀었다고 유그노 공작의 아들인 스튜어드가 주장했습니다. 하지만 저는 도무지 당신 같은 기사가 그 정도 기습에 이성을 잃었을 것 같지 않습니다."

크리스티나가 곧바로 단언했다.

망설임이 느껴지지 않았다.

"……그럼 목격 증언의 하나로 들어주세요. 그때, 숲에서 마물이 던진 나무 창이 날아와 부상자가 생긴 건 기억하십니까? 갑작스러운 기습으로 부상자가 생겨서 패닉에 빠졌었죠."

그래서 기습한 마물에게 정신이 쏠려 플로라가 절벽에서 떠밀리는 상황을 목격한 사람이 없었지만, 리오는 확실히 목격했다. 따라서 당시 상황을 섞어서 설명하기로 했다.

"네. 그때 다친 사람이 스튜어드였으니까요."

"그는 창을 뽑아달라고 아우성치며 패닉에 빠져 난동을 부렸습니다."

"설마, 그가 플로라를 떠밀었습니까?"

크리스티나의 표정이 심각해졌다.

"떠밀린 그에게 플로라 님이 휘말린 건 사실입니다. 유그노 공작의 아들이 한 증언과 다른 것은 그를 떠민 사람이 제가 아니라 그가 도움을 청한 다른 남학생이라는 점입니다. 남학생에게 떠밀린 유그노 공작의 아들이 플로라 님과 충돌했고 이미 아시는 결과가 일어났습니다."

"……스튜어드를 떠민 남학생은 당연히 사실을 인식했을 테고, 스튜어드도 자신을 떠민 게 그 남학생인 줄 알았을까요?"

질문하는 크리스티나의 목소리가 분노로 떨렸다.

"아마도요."

도움을 청하려고 한 상대의 얼굴은 봤을 것이다.

"그들은 알고서 당신에게 죄를 뒤집어씌웠군요?"

"알았더라면 그렇겠죠."

"……정말, 죄송합니다."

크리스티나가 몹시 수치스러운 얼굴로 사과했다. 리오에게 죄를 뒤집어씌운 두 사람만이 아니라 상황을 목격하지 못했다는 이유로 구경만 했던 자신에게도 화가 난 듯했다.

"계속 말씀드리지만, 제가 누명을 쓴 것에 책임을 느끼실 필요 없습니다. 누명을 쓰고 모습을 감췄지만, 어차피 학원을 졸업하면 벨트람 왕국을 떠날 생각이었으니까요. 조금 일찍 떠났을 뿐입니다."

"하지만 누명을 쓰지 않았더라면 당신이 지금 이렇게 기명을 쓰고 살지도 않았을 겁니다."

리오가 재차 신경 쓸 필요 없다고 말했지만, 크리스티나
는 리오가 현재진행형으로 받는 불이익을 지적했다.

"그렇긴 하지만, 다른 사람으로 살면서 제게 죄를 뒤집
어씌운 사람들과 엮이지 않을 수 있으니 잘된 일이기도 합
니다."

리오는 끝까지 담백하게 말했다.

"너무 달관하는 것 아닌가요? 당신에게는 그들을, 벨트
람 왕국을, 우리를 혐오할 이유가 있습니다. 어제 당신은
벨트람 왕국과 제가 한 짓이 우리를 돕지 않을 이유가 되
지 않는다고 했지만, 역시 저는 그렇게 생각하지 않습니
다. 이런 일을 당하고도 아무렇지 않을 리가 없습니다. 아
닙니까?"

크리스티나가 고운 얼굴을 비통하게 일그러뜨리며 딱딱
하게 물었다.

"……아무렇지 않다면 거짓말이겠죠. 앙갚음할 생각은
없지만, 벨트람 왕국의 귀족은 불신하게 되니까요."

리오는 어두운 얼굴로 마음에 남은 작은 응어리를 토해
냈다.

"불신으로 끝날 이야기가 아닙니다. 증오해도 당연합니
다. 당신은 더 분노해야 해요."

그러니까 더 화내세요. 크리스티나가 넌지시 호소하듯
이 고통스럽게 말했다.

"복수할 정도로 미운 상대가 있었고, 실제로 복수했기에 압니다. 누군가를 미워하고 분노하며 사는 건 피곤합니다. 화날 정도로 싫어하는 상대에게 스스로 접근하는 건 말할 것도 없고, 인생, 대부분은 거리를 두면 분노를 잊을 수 있습니다. 그렇다면 엮이지 않고 일생을 보내면 되는 겁니다. 잊을 수 없는 일에만 분노하면 돼요."

리오는 한쪽 입꼬리만 올려 웃으며 말했다. 복수를 완수한 리오이기에 무겁게 들렸다.

"당신은…… 정말, 너무 달관했어요."

크리스티나는 눈부신 것을 보듯이 리오에게서 눈을 피했다. 꺼질 것 같은 목소리로 말하고 고개를 숙였다. 리오가 독기가 없어서 맥이 빠졌다고 할까, 당황했다.

"……그렇지도 않습니다. 벨트람 왕국에서 겪은 일 대부분은 엮이지 않으며 잊어버릴 수 있는 나쁜 추억에 지나지 않지만, 용서하기 어려운 일도 있어요."

리오의 목소리가 살짝 날카로워졌다. 유그노 공작의 손에 노예로 자란 라티파가 떠올랐다.

"……우리나라에서, 무슨 일 있었습니까?"

"이건 다른 사람이 엮인 이야기인지라……."

말하지 않아야 할 수도 있었다.

"세리아 선생님입니까?"

크리스티나가 물었다.

"세리아 선생님이 엮인 이야기는 아닙니다만, 못 들은

걸로 해주세요. 혹시 말할 기회가 있으면 그때 말씀드리겠습니다."

리오가 천천히 고개를 젓고 말했다.

"……알겠습니다."

크리스티나는 플로라와 얼굴을 마주 보고 고개를 끄덕였다.

"대화가 살짝 샛길로 샜습니다만, 두 분이 벨트람 왕국에서 제가 겪은 일로 죄책감을 느낄 필요 없습니다."

"하지만…… 그럴 수는, 없습니다."

크리스티나가 쓴 것을 삼키듯이 리오에게 주장했다.

"왜죠?"

"당신이 제게 원한이 없더라도 제가 당신에게 몹쓸 짓을 저지른 것은 사실이니까요."

"저도요. 저도, 하루토 님에게 민폐를 끼쳤어요……."

리오가 묻자 크리스티나와 플로라가 연이어 말했다.

"딱히 짐작 가는 게 없는데요……. 크리스티나 님은 따귀 때문인가요?"

"그, 그러니까, 따귀는…… 아니, 따귀도 포함입니다."

기세가 꺾인 크리스티나의 뺨이 살짝 붉었다.

"그때는 저도 기분이 언짢아서…… 눈초리가 반항적이라 무서우셨을 수도 있어요. 왕녀님을 더러운 손으로 건드리기도 했고."

리오가 장난스럽게 말했다.

"더럽지 않습니다. 더럽지 않았어요!"

크리스티나가 센 말투로 곧장 끼어들었다.

"……언니?"

언니의 목소리가 거칠어지자 보기 드문 일인지 플로라가 크리스티나의 표정을 살폈다.

"더러웠던 건, 더러운 건 저입니다. 당신은 결백했는데, 플로라를 구해주셨는데, 슬럼가에서 분별없는 말을 내뱉었습니다. 그런 제가 훨씬 더럽습니다."

크리스티나가 아름다운 입술로 자신의 죄를 토해냈다.

"상황이 상황이었으니까요."

"당신은 또 그렇게……."

용서하려고 한다.

크리스티나는 그것이 잔혹할 정도로 고통스러웠다.

그렇기에 이것은 벌이리라. 리오는 용서하려고 했다. 그러나 자신은 자신을 용서해서는 안 되니까. 분명, 영원히…….

그러니까…….

"당신에게 감사하고 사과하게 해주시겠습니까? 앞으로 리오인 당신을 대할 일이 없더라도 하루토인 당신을 대하기 위해 사과하고 싶습니다."

본인 앞에서 하루토가 리오임을 알게 된 이상, 사과는 필수였다. 앞으로는 리오라는 사람에게 평생 감사하며 살자. 평생 은혜를 갚자. 크리스티나는 그렇게 생각했다.

"감사도 사과도 이미 받은 것 같은데요……."

리오가 난처한 표정을 지었다.

"몇 번을 해도 부족합니다. 이건 성의 문제입니다. 당신이 우리를 위해 해준 모든 은혜에 감사하고 과거에 저지른 모든 잘못을 사과하겠습니다. 이제 와서 용서받을 수는 없지만, 앞으로는 두 번 다시 은혜를 원수로 갚는 짓은 저지르지 않겠다고 맹세하게 해주세요."

크리스티나가 의연하게 말하고 리오에게 머리를 숙였다.

"감사합니다. 그리고 죄송합니다. 제가, 저 때문에, 지명 수배돼서, 민폐만 끼쳐서……."

플로라도 언니를 따라 머리를 숙였다.

"알겠습니다. 용서할 테니 그렇게 과하게 하지 마세요. 이러면 될까요? 제가 두 분을 구한 데는 타산적인 이유도 있습니다."

두 왕녀가 머리를 숙이자 리오가 조금 초조해하며 말했다.

"타산적인 이유요?"

대체 무엇일까. 크리스티나가 고개를 갸웃거렸다.

"레스토라시온의 안정은 세리아의 생활기반의 안정으로 이어집니다. 그러니까 두 분은 무사히 조직에 합류해주셔야 합니다. 그런 의도로 지금도 두 분을 보호하는 겁니다."

그러니까 과하게 고마워할 필요 없다고, 정말 신경 쓰지 않아도 된다고 리오가 호소했다.

"세리아 선생님의 상냥함과 당신의 넓은 아량에 진심으로 감사드립니다."

크리스티나는 살짝 죄책감이 드러난 미소를 지으며 고개를 숙였다.

【 제 4 장 】 ❈ 한편, 그 무렵

시간을 거슬러 올라 리오가 크리스티나와 플로라를 데리고 마을을 떠났을 무렵의 이야기다.

파라디아 왕국의 제1 왕자 듀란은 리오와 헤어지고 성으로 돌아가기 위해 마을에 발을 들였다.

마을 사람들이 마을로 돌아온 듀란을 조심스레 쳐다봤지만, 당사자는 마을 사람들의 시선에 아랑곳하지 않고 마을 출구를 향해 걸었다. 그의 손에는 리오가 양보한 루시우스의 검이 들려 있었다.

"아니 이게 누구야, 듀란 왕자 아니십니까."

마을을 떠나려는 듀란 앞을 가로막는 인물이 나타났다. 프로키시아 제국의 대사인 레이스였다.

"호오. 언제 왔나?"

듀란이 씩 웃으며 레이스에게 대답했다.

"이제 막 왔습니다. 딱 루시우스가 죽었을 때쯤에요. 거 참, 잘도 속이셨습니다."

레이스가 몹시 한탄스럽게 한숨을 내쉬고 듀란에게 항의했다.

"글쎄, 속인 기억이 없다만?"

듀란은 과장되게 어깨를 으쓱하며 모른 척했다.

"제 의뢰를 무시하고 루시우스의 부탁을 들어줬잖아요?"

"루시우스가 일정이 바뀌었다고 했다. 뭐가 정식 의뢰인지 판단이 안 섰거든. 직접 찾아온 녀석의 말을 믿었을 뿐이다."

"그럼 저한테 왜 가짜 정보를 가르쳐줬습니까? 하루토 아마카와와 루시우스의 행방에 관해서 저를 속인 건 사실이지 않습니까. 덕분에 무의미한 곳을 수색했다고요."

루시우스가 전이결정으로 파라디아로 이동한 후, 레이스는 아이시아에게 쫓기다가 아슬아슬하게 도망쳤다. 그 후에 파라디아 왕국으로 날아가 듀란을 찾아갔다. 듀란에게 리오와 루시우스의 행방을 묻자 그는 이 마을과 전혀 다른 지점으로 리오를 유도했고 루시우스도 뒤쫓아갔다고 가르쳐줬다.

"흐하하! 그건 네게 두 사람의 행방을 알려준 뒤에 사정이 달라졌기 때문이다. 어쩌다 사정이 달라졌는지는 몰라도 네가 떠난 후에 하루토가 다시 내 앞에 나타났다. 그리고 루시우스도 다시 왔지. 난 루시우스의 지시에 따라 하루토를 이 마을로 유인했을 뿐이다. 너 정도 되는 자가, 루시우스가 한 수 위였나 보군. 상당히 초조했던 눈치야."

듀란은 뺀질뺀질 거짓말을 하고 당당하게 받아쳐서 자신의 결백을 주장했다.

"……이번에는 정말 제대로 당했네요. 덕분에 아주 혼쭐이 났습니다. 뭐, 다 끝난 일을 가지고 떠들어봤자 아무 소용 없지만요. 루시우스가 죽어버렸으니 진상을 확인할 수도 없는 노릇이고 당신에게 벌을 주고 싶지도 않습니다."

레이스는 다시 큰 한숨을 내쉬고 마지못해 물러났다.

"그건 그렇고 어떻게 이곳인 줄 알았지? 용케 알았군?"

듀란이 감탄하며 물었다.

"타이밍을 못 맞추면 알아내도 의미가 없죠. 거의 결판이 난 순간에 도착했으니……. 방법은 비밀입니다."

레이스는 듀란이 쥔 루시우스의 검을 보았다.

"뭐, 그래. 다른 용건은 없나? 나는 당장 왕도로 돌아가고 싶은데."

듀란이 레이스의 시선을 알아채고 내키지 않는 듯 대화를 마무리하려고 했다.

"잠시만요. 한 가지 부탁이 있습니다. 그 검을 돌려받을 수 있을까요?"

레이스가 듀란에게 부탁했다.

"흠. 돌려달라니 이상한 말을 하는군. 루시우스가 죽은 시점에 이 검의 소유자는 루시우스에서 하루토로 바뀌었다고 보는 게 도리 아닌가? 하루토가 필요 없다고 해서 내가 양보받았다. 그렇다면 이 검의 소유권은 나에게 있다고 생각해야 하지 않겠나? 그런데 돌려달라고?"

"그 검은 원래 제가 루시우스에게 빌려준 것이에요. 즉, 진짜 소유자는 접니다."

"증명할 방법은 있고?"

듀란이 씩 웃으며 말했다.

"물론 그냥 돌려달라고는 하지 않겠습니다. 대신 우리나라가 소유한 마검 몇 자루를 드리지요."

제법 파격적인 조건이었으나…….

"……호오, 이 마검에게 다른 마검 몇 자루의 가치가 있다고? 마검의 마술을 보고서 상당히 잘 드는 검이라고 생각은 했는데……."

듀란은 바로 미끼를 물지 않았다.

"부정하지 않겠습니다만, 그 검은 마검 중에서도 이른바 귀신 붙은 사악한 검이라고요."

"뭔 저주 같은 마술이라도 걸렸나?"

"확실하지는 않지만, 그 검에는 지성이 있습니다. 살아 있는 인간의 피를 즐기고 죽은 인간의 혼을 먹어 치우다가 끝에는 주인의 혼도 먹어 치운다지요."

레이스가 읊듯이 말하고 기분 나쁜 미소를 지었다.

"주인을 잡아먹는 검이라. 나도 잡아먹겠다고?"

듀란은 유쾌하게 웃고 루시우스가 썼던 검을 내려보았다. 빛 한 점 담지 않은 그 검에는 그저 어둠만이 깃들었다.

"뭐, 당신이 그 검의 힘을 끌어냈을 때의 이야기지만요. 그 검은 유독 쓰는 사람을 가립니다. 부정적인 감정에 몸을 맡기고 좋아서 사람을 죽이는 루시우스 같은 이상자가 아니면 검에게 인정받지 못합니다. 적성이 안 맞는 사람이 휘두르면 그냥 잘 드는 검은 검일 뿐이에요."

"재미있군. 그럼 시험해볼까."

듀란은 자신만만하게 웃고 손에 든 루시우스의 검에 마력을 주입했다. 이 세상에 존재하는 마검 대부분은 이렇게 하면 나와 맞는지 아닌지 확신할 수 있었다.

만약 마검이 적합하면 적합한 사람은 마검을 쓰는 방법을 감각적으로 이해하는데…….

"……흥, 틀렸나."

듀란은 재미없다는 듯이 콧방귀를 뀌었다.

"글쎄요? 이제 마검을 돌려주시겠습니까?"

레이스는 씩 웃고 듀란에게 호소했다.

"알았다. 실물로 교환하지. 네가 고른 마검을 가져와라. 그때까지는 내가 갖고 있겠어."

듀란이 혀를 차고 조건을 제시했다. 가져가서 마음에 드는 기사에게 줄까 했는데……. 만만치 않았다.

"알겠습니다. 나중에 프로키시아 제국으로 돌아가 몇 자루 골라서 사자를 통해 성으로 보내겠습니다. 잠깐 볼일이 있어서 며칠 내로는 안 되겠지만. 2, 3주는 안 걸릴 겁니다."

레이스는 가면 같은 싹싹한 미소를 지으며 꾸벅 고개를 숙였다.

"볼일이라……. 하루토와 관련된 일인가?"

듀란이 눈을 가늘게 뜨고 레이스에게 물었다.

"예리하시군요."

레이스는 숨기지 않고 웃으며 입꼬리를 일그러뜨렸다.

"단순한 이야기지. 대관절, 하루토를 유도하기 위해 나에게 협조를 구하러 왔었지 않나. 루시우스가 너를 제외하고 일을 꾸몄다가 도리어 당해버렸으니 아직 목적을 달성하지 못했다고 보는 게 자연스러워."

앞으로도 레이스가 하루토를 노리리란 것은 쉽게 상상할 수 있었다.

"달성하지 못했다기보다는 루시우스가 죽어버렸으니 달성할 수 없게 됐다는 말이 맞겠군요. 저는 루시우스와 소년이 싸울 자리를 마련하고 있었으니까요."

레이스가 울적하게 대답했다.

"그렇다면 루시우스가 너를 제외한 이유를 모르겠군. 루시우스도 하루토와 싸우기 위해 움직인 걸로 보였는데……."

왜 서로 협력하지 않았는가. 그 경위까지는 루시우스가 말하지 않았는지 듀란이 의아해하며 고개를 갸웃거렸다.

"저도 모르겠습니다. 목적과 이해가 일치했지만, 어떻게 된 일인지 루시우스가 저를 파트너로 신뢰하지 않은 것 같네요. 정말 인간이란……."

이해가 안 되는 생물이다. 레이스는 탄식했다.

"너처럼 수상쩍은 남자는 본 적이 없어. 등을 맞대고 싸우기는 좀 불안하지. 루시우스가 전혀 이해가 안 되는 건 아니군."

듀란이 즐겁게 웃었다.

"믿을 수 있게 아주 합리적으로 행동하고 있는데요."

"너무 합리적이야. 때로는 정서적인 것도 필요하다는 건

배워라."

"정서적인 것…… . 어렵네요. 그럼 저는 이만…… ."

레이스는 조소하고 자리를 떠나려고 했다. 그가 가려는
방향에는 하루토가 루시우스와 싸운 곳이 있었다.

"……잠깐."

듀란이 레이스를 불러세웠다.

"네?"

"너도 정체를 알 수 없는 남자지만, 하루토를 이길 수는
없어."

"알아요. 싸우고 죽을 뻔한 적도 있는걸요."

듀란이 딱 잘라 말하자 레이스가 시원스럽게 고개를 끄
덕이며 인정했다.

"그럼 왜 하루토를 노리나? 루시우스와 싸우는 걸 보고
절절히 느꼈지만, 자살행위나 다름없어. 그 녀석의 역린을
건드려서 프로키시아가 곤란해지든 말든 알 바 아니지만,
하루토는 가르아크의 명예기사이지 않나. 가르아크와 프
로키시아의 전쟁이 벌어졌을 때, 하루토가 전장에 출정하
면 어떡하나? 파라디아가 프로키시아 제국 편인 이상은
나도 녀석과 전장에서 부딪칠 위험이 있지만, 패전은 사양
이야."

듀란이 열의를 담아 말하고 날카로운 목소리로 못 박았다.

"맞는 말씀이십니다만, 그래서 어쩌라는 거죠?"

"멍청한 도발을 할 생각이면 돌아가라는 말이다. 벨트람

의 왕녀 자매가 유괴된 상황에 프로키시아 제국의 대사인 네가 어슬렁어슬렁 나타나면 이번 일에 프로키시아도 엮였다고 인정하는 꼴이지 않나. 그리고 파라디아 왕국을 향한 의심까지 커질 거다."

지금도 한없이 위태로운 그레이존에 있는데 레이스가 참견하면 완전히 레드존에 빠지는 꼴이었다.

"하하하, 가차 없지만, 지당한 말씀이네요. 하지만 그를 기습하려는 게 아니니 안심하세요. 루시우스가 저를 제외하고 이겼더라면 문제없었겠지만, 져버려서 또 상황이 바뀌었습니다."

웬일로 재미있다는 듯이 큭큭 웃은 레이스가 리오와 부딪히지 않으려는 듀란의 마음을 고려해 진지하게 대답했다.

"그러면 거기로 가서 뭘 할 생각이지?"

"크리스티나 왕녀와 플로라 왕녀도 포함해서 중요한 인물들이니까요. 멀리서라도 살짝 동향을 살필 생각입니다. 파라디아 왕국에서 손대는 짓은 안 합니다. 저도 목숨이 아까운지라."

레이스는 어깨를 으쓱하며 말하고 듀란 옆을 지나쳤다.

'……네가 길바닥에서 죽는 건 알 바 아니지만. 용사가 소환되고서 움직이는 게 너무 수상쩍다. 으음.'

듀란은 매서운 눈초리로 레이스의 뒷모습을 쳐다보며 눈에 보이지 않는 시대의 큰 물결을 느꼈다.

◇ ◇ ◇

한편, 같은 시각 로다니아 근교의 숲속.

세리아는 아이시아와 함께 바위 집을 방문했다. 세리아가 로다니아에서 레이스와 맞닥뜨리고 아이시아와 함께 추적하던 도중에 오피아가 데려가 바위 집에서 보호받게 된 것이 그제 일이었다.

아이시아가 레이스를 쓰러뜨리고 바위 집으로 돌아오자 세리아는 상황을 파악하고 그 걸음으로 로다니아로 돌아갔다. 거기서 크리스티나와 플로라가 실종된 것을 알고 상황에 진전이 있는지 지켜보기 위해 어제 하루는 로다니아에서 보내고 오늘은 몰래 바위 집으로 걸음을 옮겼다.

미하루, 라티파, 사라, 오피아, 아르마에게 환영받고 아이시아와 함께 거실 소파에 앉았다.

"그제는 모두 고마웠어. 실은 어제 오고 싶었는데 레스토라시온에 큰 문제가 생겨서."

세리아가 이들을 둘러보며 감사를 표하고 괴로운 한숨을 흘렸다.

"무슨 일 있습니까?"

사라가 세리아에게 물었다.

"크리스티나 님과 플로라 님이 실종되셨어."

"네……?"

모두가 놀랐다.

"가르아크 왕국에서 로다니아로 귀환하던 중에 실종되신 듯해. 승선했던 마도선에 도둑이 침입해서 사상자도 많이 나온 모양이야."

세리아가 어두운 얼굴로 상황을 설명했다.

"아직 발견되지 않은 거죠? 무슨 단서라도……."

오피아가 물었다.

"안 됐어. 단서도 없어. 두 분을 호위하던 바네사 씨도 목숨은 건졌지만, 출혈이 너무 커서 의식을 못 찾고 있어……."

"바네사 씨가?"

"……괜찮을까요?"

오피아와 아르마가 말했다.

"괜찮을 거야……. 힐로 상처를 막았고 호흡은 안정됐대. 열도 안 난다고 하고."

세리아가 바네사의 용태를 설명했다.

"수색이나 우리가 할 수 있는 게 있으면 돕겠습니다만……."

사라가 걱정스러운 얼굴로 제안했다. 사라, 오피아, 아르마에게 크리스티나와 바네사는 크레이아에서 로다니아까지 함께 여행한 사이였다. 생판 남이 아니었다.

"고마워. 하지만 너희는 이 집에 있어 줘. 레이스는 아이시아가 쓰러뜨렸지만, 크리스티나 님과 플로라 님을 노린 것도 그렇고 조금 뒤숭숭해. 리오가 없는 동안 이 집을 허술하게 두면 위험할 것 같아."

세리아가 기뻐하며 고마운을 표했기만, 비로 곧은 얼굴

로 돌아와 말했다.

"······알겠습니다."

사라가 차분한 표정으로 고개를 위아래로 흔들었다.

"그건 그렇고 타이밍이 조금 신경 쓰이네요. 로다니아 밖에서 크리스티나 씨가 실종됐을 때 레이스가 로다니아에 나타나다니······. 실종 사건과 관련 있을 것 같아요."

아르마가 으음 목을 울리며 말했다.

"역시 그렇지? 레이스가 저택에 숨어든 목적은 결국 알아내지 못했지만······."

증거는 없지만, 관여했을 것 같다는 의심이 들었다. 세리아가 울적하게 입술을 깨물었다.

"세리아 씨를 노렸을 가능성은 없나요?"

미하루가 손을 들고 조심스럽게 발언했다.

"으음, 그건 아닐 거야. 우리와 마주치자마자 도망치려고 했어. 실제로 도망쳤고······. 중앙집무실에 용건이 있었다고 보는 게 자연스러워."

세리아가 대답했다. 레이스가 욕심부리지 않고 제일 먼저 도망치는 모습에 자신을 노렸다는 생각은 안 한 모양이었다.

"레이스가 저택에 잠입했다고 레스토라시온 사람들에게 보고했나요?"

오피아가 세리아에게 질문했다.

"응. 프로키시아 제국의 대사로 보이는 인물이 저택에

잠입했고, 마주치자 도망쳤다고 보고했어. 아무도 못 본 모양이라 아이시아 일은 숨겼지만……."

"레스토라시온 사람들은 뭐라던가요?"

아르마가 물었다.

"대체로 비슷해. 레스토라시온에서 보관하는 무언가를 훔치러 중앙집무실에 잠입했을지도 모른다고 생각하더라. 두 분이 탔던 마도선을 습격한 것도 프로키시아 제국이거나 레이스와 결탁한 아르보 공작파의 공작일 가능성도 염두에 놓겠대. 일부러 대사가 직접 그런 짓을 한 이유가 마음에 걸린다고도 했는데…… 수색하며 여기저기 알아보려는 모양이야."

세리아는 말을 마치고 무거운 한숨을 내쉬었다.

"안색이 안 좋은데 괜찮아? 세리아 언니."

라티파가 세리아의 얼굴을 들여다보며 물었다.

"응. 괜찮아."

세리아는 라티파가 안심하도록 부드럽게 미소 지으며 고개를 끄덕였다. 그래도 조금 무리하는 기색이 보였다.

"……오빠가 빨리 돌아왔으면 좋겠다."

라티파가 불안해하며 마음속에 리오를 그렸다.

같은 날 오후 무렵.

장소를 바꿔 파라디아 왕국 남서쪽에 있는 루비아 왕국.

"……."

성 객실 침대에 한 소년, 키쿠치 렌지가 자고 있었다. 침대 옆에 제1 왕녀인 실비가 의자에 앉아 창밖 풍경을 바라보았다.

그러자 방문을 두드리는 소리가 났다.

"……들어와."

실비가 방 밖을 향해 말했다. 실비의 말이 들렸는지 원래 살짝 열려있던 문이 천천히 열리고 기사가 나타났다. 실비를 지키는 친위대 대장 엘레나였다.

"엘레나, 무슨 일이지?"

실비가 엘레나의 얼굴을 힐끗 보고 용건을 물었다.

"식사 시간이 돼서 식당으로 안내하겠습니다."

"됐다. 식욕이 없어."

"그렇게 말씀하시고 아침도 거르시지 않았습니까. 어젯밤에도 거의 안 드셨고."

엘레나가 눈썹을 아래로 기울이며 실비를 걱정했다.

"어쩔 수 없잖아. 식욕이 없는데."

실비가 귀찮아하며 대답했다.

"그러면 밖으로 나가 움직이시죠. 이렇게 방에만 계시니 식욕이 없는 겁니다."

"됐어. 내가 자리를 비운 사이 렌지가 깨어날지도 모르니까."

"실비 님, 간호는 종자에게 맡기십시오. 왜 당신께서 직접 이런 남자를 위해……."

호소하는 엘레나의 목소리에 불만스러운 기색이 감돌았다.

"이런 남자라니, 말투가 대단하군. 렌지는 용사다."

실비가 쓴웃음 지으며 말했다.

"……이런 남자가 용사라니 아직도 못 믿겠습니다. 이 남자의 무모한 행동으로 실비 님과 에스텔 님이 더 궁지에 빠지셨지 않습니까."

엘레나가 시무룩한 얼굴로 구시렁거렸다.

렌지가 실비와 레이스를 미행해 인질로 사로잡힌 에스텔과 재회하는 자리에 난입한 것이 사흘 전이었다. 렌지는 루시우스와 싸우다 팔다리가 잘리며 철저히 농락당했다.

렌지는 인질로 잡힌 에스텔을 구출해서 실비를 도우려고 개입했으나 상황이 그렇게 간단하지 않았다. 소국인 루비아 왕국과 대국인 프로키시아 제국은 하늘과 땅처럼 국력이 차이가 나기 때문이었다.

비밀리에 에스텔을 구출한다면 모를까, 레이스 앞에서 당당하게 에스텔을 구출하면 루비아 왕국이 프로키시아 제국에 선전포고했다고 보일 터였다.

즉, 렌지의 행동은 너무나 경솔했다. 렌지가 그 자리에 개입한 일로 실비는 의사를 밝히라는 압박을 받았다. 프로키시아 제국과 대립할지, 프로키시아 제국으로 돌아설지…….

실비는 그 자리에서 프로키시아 제국과 대립하는 길을

선택할 수 없었다. 따라서 렌지를 내치고 말았다. 렌지 홀로 루시우스와 싸우게 했다.

'만약 내가 그때 렌지와 함께 싸워 에스텔을 구하는 길을 선택했더라면……'

결과가 달라졌을까? 렌지가 농락당하지 않았을까? 3일 동안 그런 생각만 머릿속에 떠올랐다.

"……어차피 가르아크 왕국에 붙을지, 프로키시아 제국으로 돌아설지 늦든 이르든 선택을 강요당했을 거야. 그리고 아직 대외적으로 우리나라가 프로키시아 제국으로 돌아섰다고 소문이 나지도 않았어. 어디까지나 나와 레이스 사이에 있었던 일이다. 아직 비밀리에 에스텔을 구할 가능성은 남아있어."

실비는 쓴 것을 삼킨 듯 입가를 일그러뜨리며 말했다.

"하지만 앞으로 레이스의 요구가 심해지지 않겠습니까? 이 남자는 결투에 앞서 자기 신병을 프로키시아 제국에 넘기겠다고 레이스와 약속했습니다. 만약 우리나라가 앞으로 프로키시아 제국과 대립하는 길을 고른다면 이 남자는……"

실비 님의 적이 될지도 모릅니다. 그렇게 되어도 괜찮으십니까? 이 말이 목구멍까지 나왔지만, 엘레나는 힘들게 삼켰다.

"글쎄, 어떡할까."

실비의 목소리에 체념이 섞인 것처럼 들렸다.

"……"

엘레나는 침대 위에 잠든 렌지를 노려보았다.

원래도 엘레나는 렌지가 마음에 들지 않았다. 첫인상은 최악이었다. 어린애처럼 생겨서는 알맹이는 오만하고 역겨운 모험가 그 자체. 처음 만났을 때부터 실비와 에스텔을 대하는 태도가 기본이 안 되어있었다. 하지만 그런 태도를 뒷받침할만한 실력은 있다고 인정했다. 그랬는데……

"그러고 보니 식사 이야기 중이었지. 식욕은 없지만, 수프를 가져다주겠어?"

벌레라도 씹은 듯한 엘레나를 보다 못했는지 실비가 한숨을 쉬며 화제를 바꿨다. 이유를 붙여서 엘레나를 일단 내보내기로 했다.

"음……"

그때, 갑자기 렌지가 신음을 흘리며 몸을 움찔거렸다.

"렌지?"

"으응."

실비가 말을 걸자 렌지가 살며시 눈을 떴다.

"드디어 깼나."

실비가 입가에 호를 그렸다.

"실, 비……? 크윽!"

멍하니 있던 렌지는 문득 의식을 잃기 전의 사건이 떠올랐는지 침대에서 벌떡 일어났다. 그리고 주로 쓰는 손에 신장을 만들어 쥐었다.

"이, 이봐! 렌지! 진정해! 렌지!"

실비가 황급히 렌지를 진정시켰다.

"……여기는?"

렌지가 흠칫흠칫 주위를 둘러보고 실비에게 물었다.

"루비아 성에 있는 객실이다. 무기를…… 네 신장을 거둬."

실비가 탄식하며 말했다.

"……."

렌지는 묵묵히 신장인 할버드를 소멸시켰다.

"일어나자마자 그렇게 움직이는 걸 보니 몸에 문제는 없나 보군. 잘렸던 팔다리도 깨끗하게 복원됐고."

실비가 어깨를 으쓱하며 말했다.

한편, 엘레나는 렌지를 기분 나빠하며 쳐다보았다.

"……무슨 일이 있었지?"

렌지가 떨어져 나갔을 팔다리가 깨끗하게 붙어있는 것을 깨닫고 당황해서 질문했다.

"무슨 일이 있었냐고?"

엘레나가 자기도 모르게 격앙했다.

"조용히 해, 엘레나. 발언을 허락한 적 없다."

"……실례했습니다."

실비가 지적하자 엘레나가 마지못해 사과했다.

"의식을 잃기 전에 무슨 일이 있었는지는 기억하나?"

실비는 우선 그것부터 확인했다.

"……응."

렌지는 얼굴을 찌푸리며 고개를 끄덕였다

"너는 팔다리가 잘리고 루시우스에게 패배했다. 출혈쇼크로 3일 동안 의식을 잃었는데 지금 깨어났다. 이상이다."

실비가 있는 그대로의 사실을 짤막하게 정리해서 알려줬다.

"왜 내 팔다리가 붙어있어?"

렌지가 의아해하며 물었다.

"신장 효과인 것 같아. 용사가 죽지 않도록 하는 능력이 발동한 모양인데 자세한 건 나도 모른다."

"……그런가."

"더 궁금한 거 있나?"

실비가 물었다.

"……그놈들은, 어디 있어?"

렌지가 긴장한 표정으로 물었다.

그놈들은 레이스와 루시우스였다.

"프로키시아 제국으로 돌아갔다. 결투 전에 그들과 했던 약속은 기억하겠지?"

"……."

렌지는 몹시 민망한 얼굴로 입을 다물었다. 기억하는 모양이었다.

"너는 프로키시아 제국의…… 아니, 레이스의 부하가 됐다. 녀석이 올 때까지는 여기서 보호하겠지만, 녀석이 오면 약속을 따라."

실비가 담담하게 말했다.

"……."

렌지는 노골적으로 싫다는 얼굴이었다.

"설마, 약속을 지키지 않을 생각인가?"

"그런 놈들과 한 약속을 지킬 필요 있어?"

실비의 물음에 렌지가 거북해하며 대답했다.

"……너를 깔본 모험가들과 자주 결투했다지?"

무슨 생각인지 실비가 갑자기 화제를 바꿨다. 각자 소중한 무언가를 내걸고 승자가 모두 쟁취한다. 그것이 결투였다. 왕후 귀족은 경솔하게 결투하지 않았지만, 모험가 사이에서는 비교적 가볍게 행했다.

렌지는 결투를 이용해 싸움을 거는 상대를 모조리 때려 눕히고 본보기로 재산을 빼앗았다. 렌지의 소문이 퍼지고 경솔하게 얕보는 놈들이 줄어든 과거가 있었다.

"……응."

렌지가 조금 의아해하며 고개를 끄덕였다. 왜 다른 결투 이야기가 나오는지 상상이 안 되는 듯했다.

"결투에 진 상대에게 약속을 지키지 않아도 된다고 한 적 있나?"

실비의 질문으로 그 의도를 파악했다.

"……없어."

렌지는 사정없이 약속한 재산을 빼앗은 기억이 되살아나, 실비에게서 얼굴을 돌리고 거북하게 대답했다.

"즉, 너는 자신에게 유리한 약속은 반드시 지키고 불리한 약속은 지킬 생각이 없다는 말인가? 도망치겠다는 거군?"

실비가 모멸하는 눈으로 렌지를 쳐다보았다.

"……."

렌지는 고개를 숙이고 몸을 움찔거렸다.

"한심하기는. 세상 물정 몰라도 부조리한 세상에 반항하려는 네 반골 정신은 인정했었다. 아무래도 내 눈이 틀린모양이군. 너는 자기보다 약한 자에게만 으스대는 겁쟁이이자 사회 부적응자. 무법자일 뿐이다."

"……."

실비의 말에 렌지는 고개 숙인 채 이를 악물었다.

"뭐냐? 이런 말을 듣고도 묵묵부답인가? '나를 깔보는 놈은 용서하지 않는다'가 네 생각 아니었나? 처음 만났을 때왕녀인 나에게도 대등한 말투를 쓴 건 어디 사는 누구냐?"

"……."

렌지는 여전히 고개 숙인 채, 그러나 터질 듯이 주먹을 틀어쥐었다.

"난 지금 너를 깔보고 있다. 저기 있는 엘레나도. 너를보고 웃어."

실비의 시선이 엘레나를 향했다. 엘레나는 일부러 렌지가 듣도록 비웃으며 기분을 풀었다.

"왜 너에게 그런 말을 들어야 해?"

렌지가 그제야 간신히 반박했다.

"왜? 온갖 민폐를 끼치고는 난 네게 뭐라 할 자격이 없

다는 말인가?"

"난, 난 에스텔을 구하려고 했어. 내가 도망치는 거면 너
도 그곳에서 에스텔을 구하지 못한 겁쟁이잖아."

렌지는 울컥하면서도 목소리를 높이지 않고 주장했다.

"아, 그래. 하지만 난 너처럼 레이스에게서 도망치지 않
을 거다. 난 에스텔만이 아니라 이 나라도 짊어지고 있으
니까. 도망치면 안 돼."

실비는 자신이 겁쟁이라는 것을 인정하며 의연하게 대
답했다.

"난, 난 도우려고 한 거야. 거기서 네가 레이스 쪽에 붙
어서……."

렌지가 넌지시 실비를 탓했다.

실비가 아무것도 안 했기 때문이라고.

"네가 무모한 만용으로 개입해서 사태가 복잡해졌다. 레
이스 뒤에는 프로키시아 제국이라는 대국이 있어. 만약 그
자리에서 내가 레이스와 대립했으면 우리나라는 그대로
점점 프로키시아 제국과 대치했을 거다. 너는 소국인 우리
나라 보고 대국과 전쟁하라는 건가? 아니면 네가 함께 프
로키시아 제국과 싸워줄 건가? 레이스와 한 약속도 깨고
도망치려는 남자가 프로키시아 제국과의 전쟁에서는 도망
치지 않는다고?"

실비가 이를 악물고 렌지를 세게 비난했다.

"나, 나는…… 그 녀석 뒤에 프로키시아 제국이 있는 줄

몰랐어."

"사정도 모르면서 고개를 들이미니까 만용이라는 말이다. 결투 전에 레이스와 루시우스도 말했다. 너는 네 힘이면 어떻게든 할 수 있다고 자만했지?"

"……."

렌지는 반박하지 못했다.

반박하고 싶지만, 할 말을 찾을 수 없었다. 유일하게 말이 지나치다는 말이 목구멍까지 치솟았지만, 한심해서 꾹 참았다.

"정말 어이가 없군. 내가 알던 유아독존의 남자는 대체 어디로 갔나. 아니, 그건 종이호랑이고 이게 진짜 네 모습이겠지."

실비는 몹시 낙담하며 탄식했다.

"……!"

렌지가 참다못해 한마디 하려고 고개를 쳐들었지만, 빤히 쳐다보는 실비의 눈빛에 도로 고개를 숙였다.

"정말, 한심해……. 됐다, 그대는 이 성을, 아니, 이 나라를 떠나라. 거슬린다."

실비가 차가운 시선을 렌지에게 던지며 내뱉었다.

"시, 실비 님?! 이 남자가 레이스와 멋대로 한 약속은 어떻게 되는 겁니까?"

엘레나가 당황해서 물었다.

"모른다. 정말, 거슬려. 그놈들에게는 내가 알아서 설명하지."

실비가 지겹다는 듯이 손을 내저었다.

"……."

그러나 렌지는 일어나지 않았다. 상반신을 세우고 침대에 앉아 있었다. 몹시 갈등하는지 몸을 덮은 이불을 양손으로 움켜쥐었다.

"뭔가, 빨리 나가라. 아니면 이 자리에서 베이고 싶나?"

실비가 싸늘하게 물었다.

"……해."

그러자 렌지가 입을 움직여 무언가 중얼거렸다.

"뭐?"

실비가 의아한 얼굴로 되물었다.

"……미안해. 네 말이 맞아. 뭐라 할 말이 없어."

렌지가 이번에는 일단 들릴 정도로 말했다.

"그래서 어쨌다는 건가?"

실비가 담담하게 물었다.

"……에스텔을 구하는 거, 나도 돕게 해줘. 구하고 싶잖아? 뭐든지 할게. 구한 후에 이번에 부주의했던 것도 갚을게."

렌지가 아주 얌전하게 대답했다. 실비가 처음 보는 그 나이 또래 소년 같은 렌지의 모습이었다.

"……훗, 하핫, 그대도 그런 얼굴을 하는군."

실비는 한동안 멍한 표정을 짓다가 즐거운 웃음소리를 흘렸다.

"진지하게 들어줘. 나는 진심이야."

렌지는 입술을 깨물었다.

"······미안. 하지만 그대의 도움은 필요하지 않아. 마음은 고맙지만, 이곳을 떠나."

실비는 쓴웃음 지으며 렌지에게 사과했다. 목소리가 조금 전과 다르게 다정했다.

"······왜, 왜?"

렌지가 동요하며 물었다.

"넌 강한 힘이 있지만, 무언가가 치명적으로 부족해. 계속 이상하게 여겼고, 거기에 마음이 끌렸다. 하지만 의외로 단순한 이야기였어. 넌 좋든 나쁘든 순수한 어린아이에 지나지 않아. 오늘 그걸 깨달았다. 그러니까 그런 그대를 휘말리게 할 수는 없어."

실비가 렌지를 타일렀다.

"안 그래! 난 열일곱 살이야!"

렌지가 뜻밖이라는 듯이 외쳤다.

이 세상에서 열일곱 살은 형식적으로 이미 성인 취급받는 나이였다. 그러는 실비도 열여덟 살이었다. 그래서 렌지는 나이를 근거로 삼았다.

"그렇게 나이를 근거로 드는 점이 어린애다."

"아, 아니야! 나를 애 취급하지 마!"

"맞아. 남에게 책임을 떠넘기면서 자기 자신은 책임감이 눈곱만큼도 없어. 그러니까 어린애인 거다."

"그렇지 않아!"

"실제로 레이스와 한 약속을 깨고 도망치려고 하지 않았나?"

"그건……."

렌지는 불만스러운 얼굴로 말을 맺지 못했다.

"알겠나? 렌지. 이건 충고이기도 해. 넌 아무런 노력도 하지 않고 신장으로 강한 힘을 얻었을 뿐인 어린아이다. 그러니까 뒤죽박죽인 거야."

실비가 단언했다.

"넌 사회에 융화되어 살면서 사회적 굴레를 피하려고 해. 자기 좋을 때만 사회적 은혜를 누리고 싫을 때는 힘을 내세워 도리를 찍어누르며 살았지. 그게 통하지 않는 상황에 맞닥뜨린 결과가 지금이다. 사회적 굴레는 싫어하면서 사회적 은혜는 누리려 하는 그런 나만 좋은 삶의 방식이 계속 통하리라 생각하지 마."

분노를 담아 렌지를 위협했다.

"……."

렌지는 마른침을 삼키고 입을 다물었다.

"그대보다 강한 자도 있어. 실제로 그대는 졌다. 개인에게는 쉽게 지지 않겠지만, 인간은 집단이 되면 위협적이지. 그걸 가르쳐주마."

"……?"

어떻게? 렌지의 얼굴에 물음표가 떴다.

"그대는 나라에 큰 피해를 준 대역죄인으로서 오늘을 기점으로 우리 루비아 왕국을 적으로 돌렸다. 이제 이 나라에서 살 수 없다."

"뭐……."

렌지는 갑작스러운 선고에 말문을 잃었다.

"……하지만 나에게도 잘못이 있다. 그러니까 마지막 온정을 베풀겠다. 이번에는 도망을 허락한다. 그러니까 지금 당장 이 성을 떠나라."

실비가 성을 떠나라고 명령했다.

"……."

렌지는 침대에 앉아 굳어있었다.

"뭔가? 왜 안 나가나?"

실비가 의아해하며 물었다.

"자, 잠깐만! 실비! 안 돼, 안 된다고!"

렌지가 마침내 당황해서 외쳤다.

"……무엇이?"

실비가 난처한 표정으로 물었다.

"네 말을 듣고 알았어. 지금 도망치면 난 평생 후회할 거야! 내가 나로 있지 못해! 그런 기분이 들어! 그 남자를 쓰러뜨리지 않으면, 난 전진할 수 없어!"

"……그건 그대 사정이지. 우리와는 상관없어."

렌지의 필사적인 호소에 한순간 실비의 표정이 고통스럽게 일그러졌지만, 바로 고치고 고개를 저었다

"하, 하지만 내 힘이 필요하잖아?! 그래, 내 힘은 나라에 유익할 거야. 나는 용사니까."

렌지는 아랑곳하지 않고 자신의 힘을 내세웠다.

"네 힘이 아니라 신장의 힘일 텐데……. 그런 오만한 점이 어린애라는 말이다."

"그럼 어른이 될게! 다음에는 절대로 실수하지 않을게! 믿어줘!"

렌지가 간절히 호소했다.

"다음이 있을 것 같나? 그리고 믿어달라고? 지금 내가 그대를 믿을 수 있겠어?"

실비가 찬물을 끼얹듯 렌지의 오만함을 지적했다.

"으……."

렌지는 자기도 모르게 숨을 삼켰다.

"대화는 끝이다. 어서 나가. 그리고 두 번 다시 왕도를…… 아니, 국토에 들어오지 마. 앞으로 만약 우리나라에서 그대의 얼굴을 보면 내가 봐주지 않고 벨 테니까. 각오해."

실비가 위협하며 렌지에게 나가라고 압박했다.

"……진심으로 하는 소리야?"

렌지는 말문이 막혔다가 몸을 덜덜 떨며 물었다.

"그래, 진심이다. 그러니까 빨리 떠나."

실비는 망설이지 않고 고개를 끄덕이며 방문을 가리켰다.

"……안 나가."

그러자 렌지가 핏발 선 눈으로 거친 숨을 내쉬며 말했다.

"뭐?"

"난 성에서 안 나가."

실비가 미간을 찌푸리자 렌지가 말을 되풀이했다.

"렌지, 너……."

"내가 성을 나가고도 이 나라에 있으면 나를 벨 거잖아? 그럼 난 안 나가겠어. 떠나지 않으면 못 베잖아?"

"그런 억지가 통할 리 없지 않나!"

실비가 얼굴을 찡그리며 반사적으로 일어나 근처에 세워둔 검을 들었다.

"시, 실비 님."

엘레나가 당황해서 실비를 붙들고 말렸다.

"놔, 엘레나!"

"모, 못 놓습니다!"

"난 성에서 안 나갈 거야."

실비와 엘레나가 옥신각신하는 옆에서 렌지가 뚱한 얼굴로 선언했다.

"그러니까 네가 어린애인 거라고……. 그럼 레이스의 부하가 되겠단 말이냐?!"

실비가 거칠게 물었다.

"……그게 어른이 책임지는 방법이라면 그렇게."

렌지가 입을 비뚜름하게 만들고 대답했다.

"……그럼 멋대로 해! 에잇, 놔, 엘레나!"

실비가 벌레라도 씹은 표정을 짓더니 자포자기하고 스

리 질렀다. 그녀는 검을 거두고 자신을 붙든 엘레나를 억지로 떼어내고 성큼성큼 방을 나갔다.

"기, 기다려주십시오, 실비 님!"

엘레나가 황급히 그 뒤를 쫓아갔다.

장소를 바꿔 파라디아 왕국의 어느 무인 지대.

리오가 루시우스를 죽인 마을 외곽을 떠나 크리스티나와 플로라를 바위 집으로 데려간 직후의 일이다.

바위 집을 상공에서 감시하는 사람이 있었다. 레이스였다.

레이스는 리오와 루시우스가 사투를 벌인 그 마을에서 크리스티나와 플로라를 데려간 리오를 미행했다.

'집을 꺼낸 걸 보면 오늘은 더 이동하지 않으려는 모양입니다. 플로라 왕녀의 체력 소모가 심할 테니 회복에 집중하려나 보군요.'

레이스가 지상에 있는 집을 내려다보며 관찰했다.

'어떻게 해야 하나. 루시우스와 두 번 다시 협력하지 못하게 된 이상, 지금은 하루토 아마카와의 처리는 포기하는 수밖에 없어요. 내버려 두는 단점보다 손 쓸 때의 위험성이 더 커졌습니다. 하지만 아무 공작도 없이 그들을 돌려보내는 것도 썩……'

내키지 않았다. 루시우스가 이 일 저 일 꾸며준 덕분에 상황이 복잡해졌다.

만약 리오 일행이 이대로 돌아가면 어떻게 될까? 레스토라시온과 가르아크에 어떤 정보가 전달되고 그들은 어떤 식으로 받아들일까?

레이스는 그것을 생각했다.

'벨트람 왕녀 자매를 납치한 사람 루시우스라는 건 숨길 수 없어요. 루시우스가 프로키시아 제국 대사인 저와 연결된 것도 알 테고 그런 제가 왕녀 자매 실종 전후에 로다니아에 목격된 것을 생각하면…….'

십중팔구, 크리스티나와 플로라 유괴에 프로키시아 제국도 관여했다고 판단할 터였다.

자칫하면 레이스와 연결고리가 있는 아르보 공작파도 의심받을 수 있었다.

'가르아크 왕국과 레스토라시온이 프로키시아를 어느 정도 경계하는 건 어쩔 수 없다 쳐도 이러면 위험과 성과가 너무 안 맞네요. 성과가 있다면 제 사망을 위장한 정도일까요? 잘 속였는지 모르겠지만…….'

레이스는 로다니아 근교 전투에서 아이시아에게 내몰려 죽은 것으로 위장했다. 실제로는 눈속임으로 부른 사역마를 처치하게 하고 레이스는 그 틈에 모습을 숨기는 데 성공했다.

'지금 제가 그의 앞에 나타날 수는 없어요. 만약 사망을 잘 위장했다면 앞으로 한동안 그가 저를 주의하지 않을 걸

니다. 그 은혜를 버리기는 아깝네요. 그러면 단장의 실수
니까 역시 단원인 그들을 움직여야겠군요. 단장의 복수전
으로.'

문제가 있다면 두 가지. 하나는 그자들을 움직여서 어떤
상황을 만드느냐는 것이었다.

'실비 왕녀도 슬슬 결심했을 테고 잃어버린 말 대신 새로
운 말을 손에 넣었으니 아예 그들을 희생시켜버릴까요.'

레이스는 순식간에 좋은 계획을 떠올리고 씩 입가를 비
틀었다.

'남은 문제는 어디서 그들을 맞닥뜨리게 하느냐인데, 저
들은 로다니아나 가르아크 왕국 왕도 둘 중 한 곳으로 갈
겁니다. 어느 쪽이든 이동 투르에 루비아 왕국이 있어요.
그가 왕녀 둘을 안고 난다면 세팅할 수 있는 타이밍이 극
히 한정되는데 그건 뭐, 제 노력에 달렸죠.'

낮에 이동하는 게 철칙이니 낮에는 리오를 추적한다. 필
요한 인원에게 지시를 내리고 움직이는 건 리오 일행이 이
동을 멈추고 쉴 준비에 들어간 한 후다.

'그럼 이곳을 마킹하고 알레인에게 가보죠.'

레이스는 결정을 내리고 지상으로 내려갔다.

그로부터 약 10여 분 후.

레이스는 일회용 전이결정을 사용해서 순식간에 이동했다. 똑같은 파라디아 왕국 내로 이동했는데 리오가 바위집을 설치한 지점에서 수십 킬로미터 떨어진 곳에 있는 폐촌이었다.

"어디 보자……."

레이스는 망설이는 기색도 없이 걸음을 내디뎠다. 과거 촌장댁으로 보이는 쓸쓸한 집 앞으로 이동해 현관문을 일정한 리듬으로 두드렸다.

그러자 곧 문이 조금 힘차게 소리 내며 열렸다. 안에 있는 인물이 마음이 급한 모양이었다.

"아니, 레이스 님……."

그곳에는 루시우스의 부하였던 알레인이 있었다. 그의 뒤에는 루치와 벤이 서 있었다.

"모두 잘 지낸 것 같네요."

레이스는 감정을 알 수 없는 미소를 지으며 말했다.

"그, 단장도 왔습니까?"

세 사람이 레이스의 안색을 살피며 다른 동행인은 없는지 밖으로 시선을 향했다. 질문 내용대로 루시우스가 있는지 신경 쓰이는 모양이었다.

이 폐촌은 원래 계획을 완료한 후에 합류할 예정이었던 곳으로, 레이스는 이틀 전에 아이시아와 싸우고 이탈한 후에 바로 폐촌으로 와서 세 사람에게 정보를 요구했다.

하지만 그때는 아직 레이스도 크리스티나와 플로라기

납치된 줄 몰랐기 때문에(현장으로 달려갔을 때 알았다) 듀란을 우선하지 않을 수 없었다.

따라서 알레인 일행은 이틀 동안 루시우스가 이기고 돌아오리라 믿고 폐촌에 잠복했다.

"그는 죽었어요."

레이스가 실로 태연한 말투로 사실을 전했다.

"……."

세 사람의 얼굴이 눈에 띄게 굳었다. 사실을 받아들이기를 거부하는 표정이었다.

"루시우스는 죽었다고 말했습니다. 인연 있는 상대와 싸우다가 아깝게 졌습니다."

레이스는 다시 확실하게 말하고 안타깝게 한숨을 내쉬었다.

"아니, 잠깐, 무슨 농담입니까? 단장이 죽어? 하나도 안 웃긴 농담인데요?"

루치가 메마른 미소를 지으며 말했다.

그러나 눈은 웃지 않았다.

"농담 아니에요."

레이스가 진지한 얼굴로 말했다.

"……그럴 리 없어!"

루치가 소리 질렀다. 습기를 잔뜩 먹었을 나무집에 그의 목소리가 쩌렁쩌렁 울려 퍼졌다.

"……너무 큰 소리 내지 마."

옆에 있던 알레인이 난처한 표정으로 중얼거렸다.

"시끄러워! 단장이! 단장이 죽어?! 아니, 장난이 분명해. 그 단장이 그렇게 쉽게 뻗을 리 없어!"

루치는 아직도 인정하려고 하지 않았다.

"……."

알레인과 벤도 말없이 이를 악물었다.

"……거짓말이야. 거짓말이 분명해."

루치가 중얼거렸다. 그의 몸이 부르르 떨렸다.

"이틀 전에도 말했듯이 루시우스가 막판에 독단으로 행동하기 시작했습니다. 여러분은 그때 루시우스의 행방을 모르겠다고 했지만, 사실은 알고 있었죠?"

레이스가 세 사람의 얼굴을 둘러보며 갑자기 화두를 잘랐다.

"……."

루치가 아직 몸을 떠는 한편, 알레인과 벤은 자연스럽게 시선을 마주쳤다.

"숨기지 않아도 돼요. 크리스티나 왕녀와 플로라 왕녀가 유괴돼 그와 결투할 때 인질로 이용된 건 이미 압니다. 상황적으로 여러분 외에 그에게 협조할 수 있는 인물이 없으니까요. 탓할 생각 없어요. 이건 그냥 사실 확인을 위한 질문입니다."

레이스가 설명하고 빨리 인정하라고 넌지시 호소했다.

"……네, 뭐. 단장의 지시를 우선했습니다."

알레인과 벤이 체념하고 겸연쩍게 인정했다.

"여러분은 원래 그의 직속 부하니까요. 뭐, 어쩔 수 없죠. 하지만 만약 저와 루시우스가 협력해서 일을 처리했더라면 결과가 달라졌을지도 모릅니다. 그 점은 확실하게 알아두세요."

레이스는 '여러분이 제 지시에 따라 움직였으면 루시우스는 죽지 않았을지도 모른다고요?'라고 넌지시 시사했다.

"……."

알레인과 벤은 떳떳하지 못하게 눈을 피했다. 그들은 루시우스가 이긴다고 믿었다. 그렇기에 루시우스의 명령대로 움직였건만, 현실은 무정했다.

"비겁한 수를 써도 이겨왔기에 그는 멋졌죠. 비겁한 짓을 망설이지 않았기에 그는 강했어요. 패자는 가치가 없다는 것이 그의 생각이고 그 말대로 그는 패배하지 않고 용병의 정점에 올랐습니다. 하지만 졌으니 그는 그저 비겁한 남자로 전락했죠. 그는 비겁해서 강했던 게 아니라 약했기에 비겁한 수에 기댄 거겠죠."

레이스가 연기하는 투로 안타까워하며 말했다.

"그렇지 않아!"

갑자기 루치가 번뜩이며 소리쳤다.

"뭐가 말입니까?"

"단장은 약하지 않아. 약해서 비겁한 수에 기댄 게 아니야……."

루치가 떨리는 목소리로 호소했다.

"그걸 어떻게 증명하죠?"

레이스가 물었다.

그것은 증명할 방법이 없는 악마의 증명이었다.

"이긴다. 단장이 만든 천상의 사자단은 지지 않아. 용병단인 우리는 그 녀석에게 지지 않았어. 우리가 그 녀석을 이긴다. 그렇게 단장의 힘을 증명해주마!"

루치가 콧김을 내뿜으며 지껄였다. 그러자 느린 박수가 울려 퍼졌다. 손뼉을 친 사람은 레이스였다.

"훌륭합니다. 그럼 천상의 사자단 구성원인 여러분에게 의뢰 하나를 발주해도 되겠습니까? 그를 이기는 게 목적은 아니지만, 의뢰 내용에 그와 싸우는 게 포함되어 있습니다. 받을 생각 있습니까?"

"……."

알레인과 벤이 시무룩한 얼굴로 눈빛을 주고받았다. 리오는 루시우스를 죽인 사람이었다. 그들도 검을 맞댄 적이 있고 실력 차이를 통감했다. 기죽지는 않았지만, 가볍게 받을 의뢰도 아니었다.

"……레이스 님. 아예 그 녀석을 처리하면 안 됩니까?"

그때, 루치가 눈을 번뜩이며 물었다.

"아뇨. 처리해도 상관없어요. 그와 싸우면 의뢰는 달성되니 가능하면 꼭 부탁하고 싶군요."

"그럼 그 의뢰, 받겠습니다."

"이봐, 루치. 의뢰 조건도 확인하지 않고……."

벤이 한숨을 내쉬며 즉답한 루치를 주의시켰다.

"뭐야, 단장의 복수전이다. 겁먹었나?"

루치는 의뢰를 받을 생각으로 가득했다.

"멋대로 지껄이지 마. 단장을 죽일 정도인 녀석이야. 과소평가하지 않았을 뿐이야."

벤이 불쾌해하며 콧방귀를 뀌고 대답했다.

"한 가지 확인하고 싶은 게 있는데 조금 전에 하신 말씀대로라면 프로키시아 제국이 발주하는 통상적인 공작 임무와는 별개로 보면 되겠습니까?"

알레인이 머리를 긁적이며 레이스에게 질문했다. 본업은 천상의 사자단에 소속인 용병이지만, 능력이 뛰어나서 평소에는 공작원으로서 다양한 상황에 레이스에게 협력했다.

"네. 그의 복수전이니까요. 일 처리에 따라 상응하는 보수도 준비할게요. 제가 그에게 빌려준 마검을 여러분에게 빌려드릴 수도 있습니다. 여러분에게 유품이라고 할 수 있는 물건이죠?"

레이스가 세 사람을 둘러보고 웃었다.

"이것 참, 점점 안 받을 수가 없구만."

루치가 호전적인 표정으로 알레인과 벤을 보았다.

"우선 의뢰 내용을 자세히 말씀해주세요."

알레인이 한숨을 내쉬고 의뢰 내용을 확인했다.

정령환상기

【 제 5 장 】 ❈ 출발, 그리고 추적

리오가 크리스티나와 플로라를 바위 집에 들인 지 3일이 지났다. 두 사람이 실종된 날부터 헤아리면 5일이었다.

3일 동안 플로라의 상태가 좋아져서 드디어 가르아크 왕도로 떠나기로 했다.

"스토리지."

오전 중에 바위 집을 나와 리오가 주문을 외워 바위 집을 시공의 장에 수납했다. 공간이 뒤틀리고 거대한 바위 집이 홀연히 모습을 감췄다.

"……."

크리스티나와 플로라가 눈을 깜빡였다. 시공의 장에 관한 설명도 들었지만, 성능이 상식을 너무 벗어나서 실감이 안 됐다.

"갈까요?"

리오가 뒤로 돌아 두 사람에게 말했다.

"네."

"잘 부탁드립니다, 하루토 님."

크리스티나와 플로라가 꾸벅 고개를 숙였다.

"안는 방식은…… 3일 전과 똑같이 해도 될까요?"

리오가 크리스티나에게 물었다. 즉, 크리스티나가 리오에게 업히고 플로라가 리오에게 안기는 자세였다.

"……괜찮습니다."

리오의 등에 업혀 밀착했을 때가 생각났는지 크리스티나가 살짝 뺨을 붉히며 고개를 끄덕였다.

"그러고 보니 대체 어떻게 옮기셨나요?"

기절한 채 바위 집으로 옮겨진 플로라가 궁금해하며 고개를 갸웃거렸다.

"외람되지만, 크리스티나 님을 업고 플로라 님을 두 팔로 안았습니다. 이번에도 그래도 괜찮을까요?"

리오가 플로라에게 설명했다.

"네, 네? 아, 그, 그렇지만, 그러네요. 네, 네. 괜찮습니다."

플로라는 얼굴이 빨개지며 놀랐지만, 일반적으로 생각하면 그렇게 옮기는 방법밖에 없었다. 곰곰이 생각해 보니 이전에 아망드에서 루시우스에게서 구해줬을 때도 두 팔에 안겼으니 놀랄 일이 아니었다. 부끄럽기는 하지만…….

"그럼 계속 여기 있을 수도 없으니 먼저 크리스티나 님부터……."

리오가 업히라며 크리스티나에게 등을 내밀었다.

"네……. 등 좀 빌리겠습니다."

크리스티나가 발그레한 얼굴로 리오의 등에 업혔다.

'오늘은 괜찮아. 아침에 욕실을 빌렸으니까 냄새를 신경 쓸 이유도 없고.'

크리스티나는 리오의 등에 밀착했지만, 3일 전처럼 이생각 저 생각하느라 안절부절못하지 않다.

그냥 몹시 긴장됐다. 심장 소리가 들리지 않을까 걱정될 정도였다.

'생각해 보니 이 자세는 아마카와 경의 등에 내 가슴이 닿잖아…….'

원피스를 입어서 3일 전에 입은 드레스보다 느낌이 선명했다.

'괘, 괜찮겠지? 난 그렇게 안 크니까……. 내가 업혀서 다행이야. 저 아이는 나보다 크니까…….'

크리스티나는 얼굴이 빨개져서는 리오의 등에 밀착해 매달린 채 어색하게 굳었다.

"……플로라 님도."

"네, 네."

"안아드릴게요."

리오가 살짝 몸을 굽혀 플로라의 등과 무릎에 손을 대고 가볍게 안아 들었다.

"아으……. 무, 무겁지 않으세요?"

플로라가 리오의 품에서 빨개진 얼굴을 수그리며 물었다.

"네. 두 분 모두 무척 가벼우세요."

"다행이에요."

플로라가 안도의 한숨을 내쉬었다.

"……."

반면 크리스티나는 리오의 등에 가만히 업혀있었다.

"천천히 이동하겠습니다만, 떨어지지 않게 꼭 잡으세요."

"네!"

플로라가 수줍어하며 힘차게 대답했다. 참고로 블랙와 이번 가죽 코트는 루시우스와 싸우다가 잘린 부분이 눈에 띄어서 지금은 여벌 외투를 입었다. 플로라는 리오가 입은 외투를 꼭 잡았다.

"으음, 외투를 잡아도 되지만, 괜찮으시다면 절 안는 편이 안전합니다."

리오가 조심스럽게 지적했다. 플로라가 리오에게 상반신을 고정하지 않으면 갑자기 움직였을 때 크게 흔들릴 우려가 있었다.

"네……? 아, 네, 네! 이, 이렇게요?"

플로라가 쭈뼛쭈뼛 리오를 안았다.

"……플로라, 내 배 쪽에 손 넣어도 돼."

크리스티나가 리오의 등에 업혀 말했다.

"감사해요, 언니."

플로라는 리오의 가슴팍에 얼굴을 기대고 그의 등에 손을 둘렀다.

'……옆에서 보면 꼴이 대단하겠어.'

리오가 조금 민망한 표정을 지으며 생각했다. 살짝 시선을 내리면 플로라의 얼굴이 있고 목덜미에는 크리스티나의 숨결이 닿아 조금 간지러웠다.

하지만 신경 쓰면 지는 것이었다. 이 방법 외에 합리적인 방법이 없었다.

"⋯⋯문제없어 보이네요. 그럼 갈까요? 우선은 루비아 왕국까지."

출발부터 고생이었지만, 드디어 리오가 지면을 박찼다. 그러자 마치 리오의 다리에 날개라도 달린 것처럼 서서히 떠올랐다.

순식간에 풍경이 바뀌었다.

"괴, 굉장해! 굉장해요, 하루토 님!"

플로라가 흥분해서 소리쳤다.

"정말, 아름다워⋯⋯. 마도선에서 보는 풍경과는 달라."

한편, 3일 전에 하늘에서 보는 풍경을 즐겼던 크리스티나도 당황해서 넋을 잃고 감상을 입에 담았다.

"이 정도 속도로 이동할 텐데 너무 빠르면 말씀해주세요."

현재 이동 속도는 시속 30킬로미터 정도. 리오가 달려서 이동하는 속도도 안 되지만, 체감 속도는 제법 빨랐다. 비행에 익숙하지 않은 왕녀 자매가 있으니 이 정도가 좋았다.

"괜찮습니다." "네."

두 사람이 흥미진진하게 하늘을 둘러보며 대답했다.

괜찮은 모양이었다.

"그럼 잠시 하늘 여행을 즐겨주세요."

세 사람은 순조롭게 가르아크 왕국 왕도를 향해 떠났다.

"⋯⋯그럼 저도 가볼까요?"

순조로운 줄 알았으나, 약 1킬로미터 떨어진 지점에서 감시하던 레이스가 리오를 뒤쫓아 비행하기 시작했다.

◇ ◇ ◇

몇 시간 후. 리오는 정기적으로 지상에 내려가 쉬며 크리스티나와 플로라와 함께 하늘을 여행했다.

크리스티나와 플로라를 위해 자주 쉰 것이기도 하지만, 리오의 마력을 두 사람이 정확히 알 수 없게 하려는 이유도 있었다. 정령술은 가르쳐줬지만, 마력이 거의 무제한에 가깝다는 것까지는 가르쳐주지 않았다.

그래도 루시우스와 싸울 때 사용한 여러 정령술을 보면 리오의 마력이 방대하다는 건 알 테지만, 지금은 설명하지 않았다.

뭐 그건 그렇다 치고.

"이제 곧 루비아 왕국 영토에 들어갈 겁니다. 도시를 발견하면 정확한 위치를 파악하고 들어갈까요?"

리오가 하늘을 날며 두 사람에게 말했다.

"네. 도시에는 통신용 마도구가 있을 테니까 루비아 왕국이라는 게 확인되면 곧바로 대관 저택으로 가죠."

크리스티나가 도시에 도착하면 어떻게 할지 제안했다.

"알겠습니다."

세 사람이 도시를 발견한 것은 그로부터 약 수십 분 후.

하늘을 나는 리오 앞에 도시 하나가 나타났다.

성채도시인지 도시가 석벽으로 둘러싸였고 중심에는 요새로 보이는 건물이 있었다.

"저 도시로 갈까 하는데 괜찮으십니까?"

리오가 뒤에 업힌 크리스티나에게 물었다.

"네, 부탁드립니다."

"알겠습니다. 도시에 착지할 수는 없으니까 길에 착지하겠습니다. 조금 걸을 테니 유념해주세요."

리오는 길가를 향해 고도를 낮추기 시작했다.

◇ ◇ ◇

세 사람은 길을 따라 걸어 성채도시에 도착했다. 도시 안으로 들어가자마자 요새로 향했다.

성채도시라고는 하나, 소국의 도시라 면적이 그렇게 넓지 않았다. 몇 분쯤 걷자 요새에 도착했다.

리오가 앞장서서 걷고 크리스티나와 플로라가 뒤따라 걸었다. 문 앞에는 경비병 세 명이 있었다.

"멈춰라."

경비병이 접근하는 세 사람을 불러 세웠다.

"이곳은 관계자 외 출입 금지다. 관광지가 아니야. 돌아가라."

"저는 루비아 왕국의 동맹국인 가르아크 왕국의 명예기

사 하루토 아마카와입니다. 대관을 만나고 싶습니다. 위에 전해주시겠습니까?"

문전박대당했지만, 리오는 정체를 밝히고 약속하지 않은 만남을 시도했다. 그러자 문지기들이 얼굴을 마주 보았다.

"자, 잠시 기다려주십시오……."

그들은 뒤로 돌아 소곤소곤 말을 주고받았다. 리오 일행은 귀족이라기보다는 가벼운 여행객 차림이라 그들이 귀족일 줄 몰랐던 모양이었다. 리오가 명예기사라고 말한 순간 반응이 달라졌다.

"야, 가르아크 왕국이라니……."

"우리 동맹국이라고 말했잖아. 초강국이야."

"자세히 보니 뒤에 있는 아이들도 말도 안 되게 예쁘잖아. 귀족 아가씨들이 분명해."

"그럼 들여보내는 게 낫나?"

"그래. 그래도 신분증 확인은 해야 해."

등등, 짧은 대화가 오갔다.

"오래 기다리셨습니다. 신분을 증명할 물건이 있으십니까?"

세 문지기가 뒤로 돌아 정중하게 물었다.

"네. 국왕 폐하가 주신 휘장입니다."

리오가 품에서 휘장을 꺼내 제시했다. 문지기들은 가르아크 왕가의 문장을 몰랐지만, 누가 봐도 고급스러워 가짜가 아니라고 판단했다.

"……그렇군요. 뒤에 계신 분들은?"

"제 호위 대상이신 존귀한 분들입니다."

소란이 벌어지면 귀찮으니 일부러 벨트람 왕국의 왕녀 자매라는 말은 뺐다.

"들어가십시오. 안내하겠습니다."

문지기들이 눈빛을 주고받더니 그중 한 명이 안내를 맡았다.

"감사합니다."

리오는 예의 바르게 인사하고 안내를 맡은 문지기를 뒤쫓았다. 크리스티나와 플로라도 그들을 따라갔다. 그 자리에 남은 두 문지기는 티 나지 않게 크리스티나와 플로라의 얼굴을 훔쳐보았다.

"……야, 봤어?"

"으, 응. 봤어. 저렇게 예쁜 애들은 처음 봤어."

"머리카락 색깔이 똑같고 외모도 닮은 걸 보니 자매인가?"

"그럴지도."

시골 성채도시에는 이렇다 할 새로운 이야깃거리가 없고 문지기는 한가한 일이었다. 요새를 방문하는 외부 손님이 하루에 한 명도 없는 일이 허다했다. 따라서 두 문지기는 리오 일행이 떠나자 흥분해서 크리스티나와 플로라의 귀여움을 화제로 삼았다.

하지만 리오 일행의 모습이 완전히 사라진 타이밍에 두 문지기에게 접근하는 인물이 나타났다. 레이스였다.

"이봐. 또 누가 오는데."

"진짜네. 이번에도 여행객 같은데 뭔가 꺼림칙한걸."

두 사람은 소곤소곤 대화를 나눴다. 그러는 사이에 레이스가 두 사람 앞까지 다가왔다.

"안녕하세요. 저는 장 베르나르라고 합니다. 성에서 실비 왕녀의 보좌관으로 일하는 궁정 귀족입니다."

레이스는 리오 일행을 쫓아 요새로 들어가기 위해 루비아 왕국에서 쓰는 신분을 밝혔다.

리오 일행은 요새 응접실로 안내됐다.

"아이고, 오래 기다리셨습니다. 가르아크 왕국의 명예기사님이시라고요? 이 도시의 대관인 마르코 톤테리입니다. 당신의 성함은, 분명⋯⋯."

세 사람이 소파에 앉아 기다리고 있자 응접실 문이 열리고 풍채 좋은 중년 남성 귀족이 나타났다. 이마에 땀을 흘리며 허리를 낮추고 우선 명예기사인 리오에게 악수를 청했다. 이어서 크리스티나와 플로라를 보고 살짝 눈을 빛냈다.

"하루토 아마카와입니다. 갑자기 찾아뵈 죄송합니다."

리오는 자리에서 일어나 마르코라는 남성 귀족과 악수했다.

"아닙니다. 그런데 이런 시골 대관에게 젊은 나이에 임명된 대국의 명예기사님이 대체 무슨 볼일이 있으신지요?"

마르코가 고개를 갸웃거리며 리오의 양옆에 앉은 크리스티나와 플로라를 힐끗 보았다.

"실은 급히 가르아크 왕국 왕도와 연락해야 해서 도시에 있는 통신용 마도구로 전언을 보낼 수 있을까요?"

리오가 본론을 꺼냈다.

"그러셨군요. 동맹국 명예기사님의 부탁이라면 들어드려야지요."

마르코가 흔쾌히 승낙했다.

"감사합니다. 그런데 파라디아에서 가르아크 왕국으로 전언을 보내면 저쪽에 도착하는 데 얼마나 걸릴까요?"

"이르면 오늘 내로 갈 겁니다. 저쪽에서 답신이 온다면 내일쯤 오겠군요."

지금부터 리오가 보낼 전언이 가르아크 왕성에 도착하면 성에서는 정말 리오가 보낸 전언인지 확인할 방법이 없었다. 마도구 통신 수신 절차상, 전언을 발신한 사람이 정말 본인인지 확인할 방법이 없어서 전언 내용의 신빙성이 늘 문제 됐다.

하지만 현 상황에 크리스티나와 플로라가 생존했다는 뉘앙스의 보고가 도착하면 가르아크 왕국과 레스토라시온이 무시할 수 없을 테니 왕녀들이 돌아갈 때까지 이야기가 안 좋은 방향으로 흘러갈 위험성을 대폭 줄일 수 있었다.

시각은 이미 오후. 아직 해가 지기는 이르지만, 몇 시간 내에 어두워질 터였다. 다시 도시를 떠나 여행하기에는 조금 부자연스러운 시간대였다.

"그럼 내일 오전에 다시 요새에 들려도 될까요?"

가르아크 왕성에서 답장이 올지 하룻밤 기다려보고 내일 오전 중에 답장이 안 오면 굳이 기다리지 않고 떠나면 될 것 같았다.

"네, 물론 괜찮습니다. 혹시 이후에 일정이 있으십니까?"

"아뇨, 사실 여기 계신 두 분을 호위하는 여행 중입니다. 오늘은 더 이동할 수 없어서 이 도시에 머물러야 하니 숙소를 잡을까 합니다."

리오가 왜 이곳에 있는지 대강 밝혔다.

"……캐물어도 될지 모르겠지만, 무슨 사정이 있어 보이는군요. 가르아크 왕국의 손님을 여관에 주무시게 할 수는 없다고 말씀드리고 싶지만, 공교롭게도 요새에 귀족분이 머물만한 객실이 없습니다. 제가 숙소를 잡아드릴 테니 거기서 쉬시죠."

마르코가 자신이 잡은 여관에 묵으라고 리오 일행에게 권했다. 방문한 곳에서 주인이 숙박을 권할 시, 선약이 없으면 순순히 따르는 게 귀족의 예절이라고 이곳에 오는 동안 크리스티나가 가르쳐줬다.

"감사합니다."

사실 도시 밖으로 나가 바위 집에서 묵는 게 가장 편하지만, 리오는 꾸벅 인사하고 권유를 받아들였다.

"뭐, 볼거리 없는 투박한 도시지만요. 먼저 담당자른 통해 전언을 발송하고 외람되지만, 그 후에는 제가 대접하겠습니다. 저녁도 함께 드시면 어떨까요?"

"……네, 감사합니다."

처음 보는 귀족과 대화를 잘하는 편은 아니지만, 마도구를 빌려줬는데 거절하면 예의가 아니었다. 그리고 마르코는 리오 일행에 관한 정보가 압도적으로 부족했다. 대국이자 동맹국인 가르아크 왕국의 명예기사일지도 모른다는 이유로 대화가 순조롭게 진행됐지만, 이래저래 알아보고 싶을 터였다.

리오가 거부하면 수상하게 여길 수도 있었다. 마르코와의 대화는 이미 정해진 일이었다.

"그럼 전언 내용을 부탁드립니다. 이 종이에 전언 내용을 적어 주십시오. 참, 이미 아시겠지만, 통신용 마도구로는 한 번에 백 글자 정도만 보낼 수 있으니 양해 바랍니다."

마르코가 리오에게 필기구와 종이를 건네고 전언 내용을 써달라고 요구했다.

"감사합니다. 그러면……."

미리 어떻게 쓸지 정해놓았는지 리오는 막힘없이 손을 움직였다. 종이에는 '명예기사 하루토 아마카와 발신, 프랑수아 국왕 폐하께 급히 보고드립니다. 찾고 계실 중요 인물 두 명 보호. 근일 중에 성으로 모시겠습니다'라고 적었다.

"잘 부탁드립니다."

리오는 종이를 마르코에게 건넸다.

"······알겠습니다."

마르코는 종이를 받아 꼼꼼히 읽었다. 남이 보면 곤란한 내용은 적지 않았다. 어차피 이 문장은 통신용 마도구를 소지한 인근 도시에 다 퍼질 테니까 신경 쓸 일이 아니었다.

그때, 방문을 두드리는 소리가 났다.

"실례합니다."

요새 병사가 허둥지둥 들어왔다.

"중요한 손님을 상대하는 중이다."

분위기 파악하라며 마르코가 엄한 말투로 병사를 나무랐다.

"죄, 죄송합니다. 대관님이 판단해주셔야 할 급한 안건이 있습니다."

병사가 문 근처 말석에 앉은 마르코에게 다가가 귓속말을 속삭였다.

"······뭐? 에잇, 알았다. 당장 가지."

마르코가 살짝 뚱한 얼굴로 한숨을 내쉬었다.

"말씀 중에 죄송합니다. 아마카와 경. 여기 계신 두 분께는 아직 인사도 제대로 드리지 못했는데. 잠시 급한 일이 생긴 모양입니다."

맞은편에 앉은 세 사람에게 고개를 숙였다.

"아닙니다. 대관이니 바쁘시겠죠. 갑자기 들이닥친 건 우리니까 업무를 우선하세요."

리오가 대표로 말했다.

"송구합니다. 나가는 김에 전언을 보내고 올 테니 여기서 쉬고 계시겠습니까?"

마르코가 전언을 적은 종이를 주머니에 넣었다.

"네. 감사합니다. 전언 잘 부탁드립니다."

리오 일행도 그러는 편이 편했다.

"죄송합니다."

마르코는 자리에서 일어나 병사를 데리고 방을 나갔다.

◇ ◇ ◇

마르코는 리오 일행을 남겨두고 응접실을 나갔다.

그러자 복도에 대기하던 인물이 다가왔다.

"오랜만입니다, 톤테리 경."

"아이고, 장 베르나르 님. 오랜만입니다."

마르코가 자신에게 말을 건 인물, 레이스에게 인사했다. 장 베르나르는 레이스가 루비아 왕국에서 귀족으로 활동할 때 쓰는 가명이었다.

"손님 접대 중에 나오시게 해서 죄송합니다."

레이스가 사근사근하게 사과했다.

"아닙니다. 실비 왕녀 전하 쪽 궁정 귀족인 당신이 어쩐 일로 오셨는지요?"

"당신이 지금 접대 중인 손님에 관해 할 이야기가 있어서요."

"그들에 관해서요⋯⋯?"

마르코가 응접실 문을 돌아보며 고개를 갸웃거렸다.

"소년 한 명과 소녀 두 명. 소년은 가르아크 왕국의 명예 기사이고 이름은 하루토 아마카와, 맞습니까?"

"네, 네⋯⋯. 그걸 어떻게?"

"그들의 목적이 뭡니까? 앞으로의 일정은 물어보셨습니까?"

레이스가 씩 웃으며 물었다.

"통신용 마도구로 가르아크 왕국에 전언을 보내고 싶다더군요. 답신을 기다리기 위해 오늘은 이쪽에서 소개한 숙소에 머물고 내일은 떠난다는데요⋯⋯."

마르코가 주머니에서 전언을 적은 종이를 꺼내 들었다.

"그렇군요. 무슨 전언입니까?"

"가르아크 국왕에게 올리는 보고입니다. 중요 인물 두 명을 보호하고 있으니 근시일 중에 성으로 모셔가겠다고요. 같이 있는 소녀들이 중요 인물인 듯한데⋯⋯ 대체 그들은 뭡니까?"

의미심장하게 캐묻는 레이스가 의심스러운지 마르코가 물었다.

"여기서부터는 비밀입니다만⋯⋯."

"⋯⋯너희는 물러가."

마르코가 근처에 있는 병사들을 물렸다.

"일단 그 전언은 가르아크 왕국으로 보내지 마세요. 그들에게는 보냈다고 해주시고요."

레이스가 복도에 아무도 없는 것을 확인하고 마르코에게 지시했다.

"······농담을 다 하십니다. 나중에 발각되면 가르아크 왕국이 항의할 겁니다."

마르코가 놀랐는지 어색하게 웃으며 농담이냐고 물었다.

"농담이 아닙니다. 설명할 시간도 없고······."

레이스가 지극히 진지하게 말하고 오른손으로 마르코의 머리를 잡았다.

"무, 무슨 짓을?! 무례합니다!"

마르코가 레이스의 오른손을 떼려고 발버둥 쳤다. 하지만 레이스의 오른손은 죔쇠처럼 마르코의 머리를 잡고 놓지 않았다.

곧 레이스의 오른손이 희미하게 빛났다.

"윽."

마르코는 몸을 움찔하더니 그대로 바닥에 쓰러졌다.

"이런······. 생김새처럼 제법 무겁군요."

레이스는 마르코의 풍채 좋은 몸을 부드럽게 부축해 어깨로 받쳤다. 마르코가 든 종이를 빼앗고 복도를 걸었다.

"누구, 누구 없습니까?"

그리고 외치며 모퉁이를 돌았다.

"네······. 앗, 대관님? 당신은······ 손님이시죠?"

마침 순찰하던 병사가 두 사람을 보고 황급히 다가왔다. 그는 마르코를 부축한 레이스를 보고 의아해하며 물었다.

"네. 궁정 귀족 장 베르나르입니다. 톤테리 경에게 용무가 있어서 대화하던 중에 갑자기 기절하듯이 쓰러졌어요. 수면 부족 같습니다. 침실이 어딘가요?"

레이스가 기가 막힌다는 목소리로 병사에게 설명했다.

"네……."

병사는 그런 일이 가능한지 고개를 갸웃거렸지만, 레이스의 말처럼 마르코는 자면서 코를 골고 있었다.

"……하핫. 정말 코 고는 소리가 대단하네요. 앗, 못 들은 걸로 해주십시오."

병사가 무심코 웃음을 흘리고 황급히 입을 막았다.

"괜찮아요. 저도 그렇게 생각하니까."

레이스가 웃으며 동의했다.

"읍. 대, 대관님의 방은 근처에 있습니다. 돕겠습니다."

병사는 웃음이 터질 뻔했지만, 분위기를 파악하고 레이스 반대쪽에서 마르코를 부축했다.

두 사람은 약 1분 뒤에 마르코의 침실에 도착했고 방에 들어가 그를 침대에 눕혔다.

"수고했습니다. 톤테리 경이 이 지경이니 제가 부대관에게 가서 대신 말하겠습니다. 당신은 응접실 손님에게 톤테리 경에게 급한 볼일이 생겼다고 알리고 대신 숙소로 안내하세요. 아, 통신 전어도 보냈다고 전달하고요."

레이스가 병사를 격려하고 지시했다.

"네, 알겠습니다. 이쪽으로 오십시오."

병사가 경례하며 대답하고 레이스를 안내했다.

레이스는 요새에 근무하는 부대관을 찾아가 필요한 설명을 마쳤다. 문제가 일어나지 않도록 단단히 이야기하고서 요새를 떠났다.

성채도시 밖으로 나가서 가까운 숲으로 이동했다.

"텔레포트."

레이스는 주머니에서 전이결정을 꺼내 모습을 감췄다.

그렇게 도착한 곳도 루비아 왕국. 장 베르나르로서 왕도에 소지한 주거지의 방이었다.

하지만 빈집이나 마찬가지, 살면서 집을 관리하는 사람은 아무도 없었다.

"자, 에스텔 왕녀를 보상으로 실비 왕녀와 용사를 아군으로 끌어들일까요. 알레인 쪽도 데려가야 하니 얼른 처리하죠."

레이스는 저택을 나와 성으로 향했다.

레이스는 루비아 성을 방문했다. 장 베르나르라는 신분은 가짜에 지나지 않지만, 성에서도 통했다. 사정을 모르는 사람은 존경할 만한 귀족으로 대우했다.

"……실비 님, 레이스가 나타났습니다. 응접실에서 기다리고 있습니다만……."

레이스는 성문을 통과해 실비와 만남을 청했다. 친위기사 대표인 엘레나가 자기 방에 틀어박힌 실비에게 보고하러 나타났다.

"지금 가지."

소파에 앉아 울적하게 성 밖을 응시하던 실비가 몹시 귀찮게 한숨을 내쉬며 일어났다.

그리고 몇 분을 이동했다.

"……기다리게 했군."

실비가 응접실에 들어가 레이스에게 담박하게 말했다.

"아닙니다. 서둘러 와주셔서 감사합니다."

레이스가 의자에서 일어나 붙임성 좋게 웃으며 맞이했다.

"……렌지 일로 왔나?"

부하로 삼으려고 데려왔냐고 실비가 단도직입적으로 물었다. 그리고 레이스의 맞은편 자리에 앉았다. 레이스도 다시 앉았다.

"그것도 있지만, 우리 관계에도 이제 진전이 필요하다는 생각이 들어서요."

레이스가 싱글거리며 말했다.

"……우리 관계에 진전?"

실비가 갑자기 불쾌한 표정을 지었다.

"지금 루비아 왕국은 굉장히 불안전하다고 생각되지 않

으십니까?"

"……어느 나라 때문인 것 같나?"

실비가 온도가 느껴지지 않는 목소리로 말했다.

"당연히 루비아 왕국이 소국이기 때문이죠."

레이스가 기죽지 않고 말했다.

"……."

실비가 살기등등한 표정으로 레이스를 노려보았다. 평소에는 미간을 찌푸리는 정도로 참았지만, 오늘 그녀는 평소보다 분위기가 험악했다.

"국왕 폐하의 용태가 나아지지 않아 현재 이 나라 왕의 실무 절반은 당신이 맡고 있으니까요. 고생이 이만저만이 아니겠습니다."

레이스가 시치미 뗀 얼굴로 염불을 외듯이 말했다.

"난 지금 기분이 언짢아. 네 그 사람 깔보는 말투에 오래 어울릴 생각 없다. 솔직히 용건을 말해라."

"그럼 솔직하게 묻겠습니다만, 가르아크 왕국에 붙을지 프로키시아 제국으로 갈아탈지 슬슬 답을 주시겠습니까?"

레이스가 거침없이 파고드는 말을 했다.

"……나 혼자 결정할 일이 아니다."

"그렇게 시간 끄는 것도 이제 그만하자고 말씀드리는 겁니다. 우리 관계에도 진전이 필요하다는 생각이 들었다고 말씀드렸죠?"

실비가 대답했지만, 레이스는 그녀가 얼버무리는 것을

인정하지 않았다.

"……거드름 피우지 마. 나도 말했을 텐데. 솔직하게 용건을 말하라고."

실비가 정면으로 레이스를 쳐다보며 말했다.

"거드름 피울 생각은 없었습니다만……. 어이쿠, 이러면 안 되는 거군요. 그럼 솔직하게 말하겠습니다. 루비아 왕국은 가르아크 왕국에서 프로키시아 제국으로 갈아탈 생각은 있습니까?"

"……조건에 따라서."

"처음에는 생각도 안 했던 만큼 기쁜 변화네요. 아직 오래된 사이는 아니지만, 나름대로 대화 횟수를 늘린 보람이 있다고 할까요?"

레이스가 기분 좋게 웃었다.

"핫."

반면 실비는 냉소했다.

"심경이 바뀐 계기는 역시 용사 렌지가 패배한 지난번 일인가요?"

"변하지 않았어. 난 여전히 네가 싫다. 제국의 방식도."

레이스가 지적하자 실비는 딱 잘라 부정했다.

"당신의 그런 똑 부러진 성격이 아주 마음에 들어요. 앞뒤가 없어서 정말 대하기 편합니다."

"난 뒤밖에 없는 네 가면 같은 얼굴이 싫다."

"그런 말 자주 듣습니다."

"알 바 아니다. 빨리 말해."

실비가 탄식하며 말했다.

"솔직하게 말하기로 했죠. 그럼 여쭙겠습니다만, 어떤 조건이면 가르아크 왕국에서 프로키시아 제국으로 갈아타시겠습니까?"

"몇 가지 있지만…… 의도를 알 수 없는 나라와는 동맹을 맺고 싶지 않다. 그러니까 말해. 루비아 왕국 같은 소국이 프로키시아 제국에 붙어서 그쪽에 득이 되는 게 뭔가? 왜 너는 이렇게까지 우리나라에 집착하는 거냐?"

어물쩍 넘어가는 건 허락하지 않겠다.

실비가 레이스를 쳐다보며 물었다.

"……흠. 그럼 마음 터놓고 말하겠습니다. 뭐, 지극히 단순한 이야기입니다만, 제가 루비아 왕국을 점 찍은 건 용사 렌지가 당신들과 친해졌기 때문이에요."

레이스가 루비아 왕국에 주목한 이유를 말했다.

"뭐라고……?"

예상하지 못한 대답이었는지 실비가 놀라서 물었다.

"프로키시아 제국도 용사를 원했지만, 공교롭게도 국토에 소환된 용사가 없어서 인근에 소환된 용사에 주목했어요. 그러다가 발견한 게 그 사람이었던 겁니다."

레이스는 말문이 막힌 실비를 신경 쓰지 않고 이어서 설명했다.

"당신과 만나기 조금 전에 발견했어요. 그런데 용사 렌지는 성격이 남다르다는 걸 알았죠. 모험가로 활동하는 모습에 국가에 귀속될 마음이 없다고 판단하고 머리를 굴리던 중, 그가 당신을 만났고 친해졌다는 걸 알았습니다. 이용할 수 있겠다 했죠."

"구역질 나. 속이 뒤집히는군."

실비가 레이스의 말을 듣고 화가 나서 끼어들었다.

"어라, 너무 솔직했나요? 제 의도를 알고 싶었던 거 아닙니까?"

"……아니다. 그런데 모르겠군. 뭘 이용할 수 있겠다 싶었는지."

"당연히 인질로 이용할 수 있겠다고 생각했죠."

"에스텔을?"

"당신들을요. 인질이란 신병을 확보하지 않고도 기능할 수 있습니다. 에스텔 왕녀만이 아니라 당신도 용사 렌지에게 둘도 없는 존재가 된 거 아닙니까? 그야말로 당신들을 위해 싸울 정도로."

레이스가 다 아는 것처럼 말했다.

"……에스텔을 유괴한 시점에 지금 이 상황을 그렸다는 말인가?"

즉, 렌지를 유인해 인질 외교 장면을 목격하게 하고 루시우스에게 패배시켜 부하로 삼는 것을…….

"네. 덕분에 앞으로는 루비아 왕국이 프로키시아 제국에 붙어있는 한은 용사 렌지의 배신을 막을 수 있잖아요?"

그것이 프로키시아 제국이 루비아 왕국을 끌어들여서 얻는 이득이라고 레이스가 밝게 말했다.

"정말, 구역질 나……."

실비가 고통스럽게 내뱉었다.

"칭찬해주시니 영광입니다."

레이스에게는 칭찬으로 들렸는지 웃으며 감사를 표했다.

"……."

실비는 얼굴을 찌푸리고 기가 막혀 말을 잇지 못했다.

"제 의도를 알고 싶다는 조건은 충족했다고 봐도 될까요?"

레이스가 물었다.

"일단은. 싫을 만큼……."

실비가 미간을 찌푸리고 고개를 끄덕였다.

"그럼 루비아 왕국이 넘어오도록 미리 매력적인 이익을 제시하겠습니다."

레이스가 화제를 바꿨다.

"먼저 앞으로 루비아 왕국이 적국과 충돌하게 되면 프로키시아 제국은 아룡 기사단을 파견해 적군 배제에 협조하겠습니다. 아룡도 소규모 부대를 편성할 수 있을 만큼 드리겠습니다. 그리고 루비아 왕국이 발전하도록 많은 자금과 물자를 지원하고 기술 지원도 하겠습니다."

루비아 왕국이 프로키시아 제국으로 넘어오면 제공할 이익을 열거하기 시작했다.

"파격적인 조건이군……."

실비는 자기도 모르게 숨을 삼켰다.

대국이 소국에 이렇게 좋은 조건을 내걸며 권하는 일은 거의 없기 때문이었다. 실제로 가르아크 왕국은 루비아 왕국에게 이런 일을 해주지 않았다.

"아직 제시할 게 있는데요? 당신이 개인적으로 가장 원할 인물의 신병을 넘긴다든가 말이죠."

레이스가 의미심장하게 말했다.

"……에스텔을 돌려보내겠다는 말인가?"

실비가 놀라서 물었다.

"네. 제가 안고 있는 문제를 해결하는 데 협조해주신다면 정식으로 넘어오지 않더라도 내일이라도 보내겠습니다."

레이스가 말하고 기분 나쁘게 웃었다.

"……."

실비의 표정이 굳었다. 반사적으로 '알았다, 프로키시아 제국에 붙겠다'라고 말할 뻔하다가 자제했다.

"어떻게 하시겠습니까? 제가 떠안은 문제가 제법 급한 건이라서요. 용사 렌지의 협조도 받고 다른 부하들이 있는 곳까지 이동해야 합니다. 오늘 밤까지 대답이 없으면 에스텔 왕녀가 늦게 풀려날 텐데요……."

레이스가 넌지시 실비를 재촉했다.

"……어떤 문제인지 모르면 판단할 수 없다. 자세히 말해봐."

실비가 진지한 표정으로 말했다.

"루비아 왕국이 정말 프로키시아 제국으로 넘어온다면 아무 문제 없어요. 사실 지금 루비아 왕국 영토에 가르아크 왕국의 기사가 머물고 있는데…….."

레이스가 득의양양하게 웃으며 사정을 설명했다.

◇ ◇ ◇

리오가 크리스티나와 플로라를 데리고 루비아 왕국 성채도시를 들른 다음 날.

어젯밤에 세 사람은 요새 쪽에서 마련해준 숙소에 머물렀다. 가르아크 왕국에서 통신용 마도구로 답장을 보냈는지 오전 중에 확인하러 가기로 했는데, 늑장 부리면 오후가 될 테니 조금 일찍 요새를 방문했다. 도시에서 가장 고급스러운 여관인지 코앞에 요새가 있어서 바로 도착했다.

"어젯밤에 안녕히 주무셨어요?"

짧은 길을 따라 걸으며 리오가 크리스티나와 플로라에게 물었다.

"하루토 님 댁의 침대가 더 편했지만, 푹 잤습니다."

크리스티나가 말했다.

"저도요. 그리고 요 며칠 욕조에 몸 담그는 생활에 익숙해져서 그냥 씻는 걸로는 부족할 지경이었어요."

플로라가 쑥스럽게 에헤헤 하고 웃으며 대답했다.

"욕조 이야기는 동감이야. 로다니아로 돌아갔을 때를 생각하면 익숙해지지 않는 게 나을 수도 있어. 로다니아에는 그런 시설이 없으니까."

크리스티나가 씁쓸하게 웃으며 말했다.

그러는 사이에 요새 문이 눈에 들어왔다. 문 앞에 연결된 다리를 건너자 어제와 똑같은 문지기가 서 있었다.

"들어가십시오."

딱히 불러 세우지도 않고 얼굴만 보고 통행을 허락했다.

'어제 봐서 얼굴을 외웠다고 쳐도…… 이상하게 표정이 딱딱했어. 야근이라도 했나?'

리오는 지나갈 때 문지기의 긴장한 얼굴을 보고 이상하다고 생각했다. 하지만 크게 신경 쓰지 않고 앞장서서 문을 지났다. 그 앞에 트인 안뜰이 있어서 문을 지나자 햇볕이 내리쬈다.

안뜰에는 사람이 없었지만, 정면에 있는 요새 입구 앞에 외투를 걸친 검사 세 명이 서 있었다. 그리고 감시대를 겸한 성벽 위에 주르륵 늘어선 병사들의 그림자가 보였다. 그 사이에서 어제 리오 일행을 대접한 대관 마르코가 복잡한 표정으로 그들을 내려다보았다.

'뭐지?'

리오는 경계 모드에 들어갔다. 온몸에서 마력을 방출해 주변 대기에 녹였다. 그리고 정령술을 발동해 반지름 수십 미터 내에 있는 적을 찾았다.

그 순간, 뒤에 있는 문이 쿵 하고 힘차게 떨어졌다

"어?"

"꺅!"

뒤에서 크리스티나와 플로라가 동요하는 목소리가 들렸다.

'문밖에 병사가 있을 뿐, 뒤에는 병사가 없어. 문이 닫혔으니까 들어오지 못해. 적은 전방과 성벽에……'

리오가 거기까지 생각을 정리하자 성벽 위에 있는 병사들이 손에 든 활시위를 당겨 일제히 화살을 쐈다.

"제 뒤에 계세요."

리오가 어깨너머로 뒤에 있는 두 사람에게 말했다. 그러는 사이에 무수한 화살이 날아왔다.

"……?!"

리오가 검을 뽑자 둥근 바람의 벽이 나타나 크리스티나와 플로라와 자신을 에워쌌다. 화살은 바람의 벽에 의해 궤도를 벗어나 전부 바닥에 꽂혔다. 병사들이 놀라서 그 광경을 쳐다보았다.

"이 자식! 잘도 단장을 죽였겠다!"

그때, 리오의 전방 수십 미터에 있는 외투를 입은 세 명의 검사 중 덩치 큰 남자가 외투 후드를 벗고 소리 질렀다.

'저놈들은 크레이아에서 로다니아로 이동할 때 레이스와 같이 있던……'

알레인, 루치, 벤. 루시우스의 부하 3인조였다.

"인챈트 피지컬 어빌리티."

셋은 검을 뽑고 일제히 주문을 외웠다.

'저들은 마검 효과로 신체 능력을 이중으로 강화해.'

리오는 곧바로 3인의 전투 스타일을 떠올리고 검에 마력을 주입했다. 그와 동시에 세 사람이 세 방향으로 갈라져 리오와 거리를 좁혔다.

리오는 검을 들고 셋이 아닌 머리 위로 검을 휘둘렀다. 그러자 격렬한 충돌음과 함께 일대에 냉기 폭풍이 휘몰아쳤다.

"윽?!"

리오가 검을 휘두른 곳에는 할버드를 든 소년이 있었다. 문 위에 숨어 기습을 시도했으나 너무나 쉽게 기습을 간파당하고 공격이 막혔기 때문인지 소년의 눈이 커졌다.

심지어 낙하하는 힘을 실어 할버드를 휘둘렀음에도 소년은 리오의 힘에 밀려 공중에서 떠밀렸다.

"큭!"

살짝 자세가 무너져 원래 있던 문 위에 착지했다.

리오는 그제야 처음으로 상대의 얼굴을 봤다. 그곳에는 용사로 소환된 일본인 소년 키쿠치 렌지가 서 있었다. 얼핏 봐도 일본인 같은 외모와 손에 신장으로 보이는 할버드를 보고 리오가 중얼거렸다.

"……다섯 번째 용사?"

렌지는 날카로운 눈빛으로 리오를 내려다보았다.

"야, 신입! 너 못 써먹겠네!"

루치가 렌지에게 고함을 질렀다,

"……흥."

렌지는 불쾌해하며 콧방귀를 뀌고 할버드를 쳐들었다.

'마나 파동과 첫 공격의 차가운 바람을 생각하면…… 냉기를 조종하는군.'

리오는 다시 검에 마력을 주입했다.

"포톤 배럿."

알레인 일당이 공격 마법을 썼다. 리오가 렌지에게 집중한 사이에 집중포화를 쏟아부었다.

리오는 자신을 에워싸게 전개한 바람의 벽을 전면에 집중해 공격을 막았다.

동시에 머리 위에서 수많은 얼음 창이 쏟아졌다. 렌지의 공격이었다. 리오는 검을 휘둘러서 폭풍을 날려 얼음 창을 쳐냈다.

"쳇."

렌지는 황급히 물러나 사선을 피했다.

'……위에 있는 사람도, 앞에 있는 세 명도, 성벽에 있는 병사들도 접근하지 않아. 성가시네. 정신을 빼앗는 데 전념하고 있어. 잠복한 것치고는 이상하게 신중해.'

리오가 적의 전술을 분석했다.

크리스티나와 플로라를 지켜야 해서 루시우스와 싸웠던 때와 비슷한 상황이 됐다. 자유롭게 움직일 수 있으면 한 명씩 때려눕히면 되지만, 호위 대상이 있어서 이동이 제한됐다.

그러나 공간전이 마법을 쓰던 루시우스만큼 위협적이지는 않았다.

"두 분 괜찮으세요?"

리오가 뒤에 있는 두 사람에게 물었다.

"네."

크리스티나가 플로라를 보호하듯 끌어안고 대답했다.

"……앞에 있는 셋은 루시우스의 부하입니다. 그리고 문 위에 있는 사람은 아마도 다섯 번째 용사. 요새에 있는 루비아 왕국의 병사들도 한 편인 것 같은데……. 상황 파악이 안 되네요."

리오가 뒤에 있는 두 사람에게 말했다.

"아마카와 경, 우리가 할 수 있는 일이 있습니까?"

"두 분 다 장벽 마법을 쓸 수 있나요? 가능하면 30초 정도."

"……네."

크리스티나가 플로라와 마주 보고 고개를 끄덕였다.

"제가 신호하면 문에서 서로 등을 맞대고 그 마법을 쓰시겠어요? 30초 내로 여기 있는 적을 처리하겠습니다."

적이 움직이지 않으면 이쪽에서 가는 수밖에. 리오는 그렇게 판단하고 작전을 세웠다.

"알겠습니다. 언제든지 신호 주세요."

크리스티나가 마른침을 삼키고 대답했다.

"……그럼, 부탁드립니다!"

리오가 큰 소리로 신호했다.

"간다, 플로라!"

"네!"

크리스티나와 플로라가 등을 맞댐과 동시에 주문을 외웠다.

"매직 배리어."

그들 앞에 마법진이 떠오르고 전면을 뒤덮는 거대한 빛의 장벽이 나타났다.

리오는 뒤쪽의 마력 파동을 느끼고 전방에 있는 셋을 향해 검을 휘둘러 폭풍을 날렸다.

"큭……!"

셋은 크게 도약해 공격을 피했다. 리오가 지면을 박차고 정면에 있던 루치에게 접근했다.

"핫, 단장의 원수!"

루치는 사납게 웃으며 접근한 리오에게 검을 휘둘렀다. 공중에서 검이 부딪쳤다. 힘에서 이긴 리오가 검을 쳐내고 루치를 성벽으로 날려버렸다.

"크억, 젠장……."

루치의 얼굴이 분한 듯 일그러졌다. 이때, 리오의 의식이 공중으로 도약해 아직 마음대로 움직일 수 없는 벤을 향했다. 검에 마력을 주입하고 검으로 그를 가리켰다.

"윽……!"

바람 포탄에 성벽까지 날아갔다. 요새 병사 중 상대하기 어려워 보이는 사람은 안 보이니 남아있는 실력자는 알레인과 렌지 뿐. 여기까지 채 10초도 지나지 않았다.

"신입! 왕녀들을 노려!"

알레인이 지면에 착지해 문 위에 선 렌지에게 지시했다.

"……쳇."

렌지가 잠시 망설였지만, 문 위에서 뛰어내렸다. 할버드에 마력을 주입해 크리스티나가 전개한 마력 장벽을 공격하려고 했다.

"윽……."

크리스티나가 경직됐다.

"뭣?!"

렌지가 내리친 할버드 끝이 마력 장벽 아슬아슬한 위치에 멈췄다. 리오가 끼어들어 검으로 할버드를 막았다.

리오는 검을 수직으로 쳐올려 할버드를 쳐냈다. 렌지는 급히 뒷걸음질 쳐 리오와 거리를 벌리려 했다.

"윽……!"

리오는 렌지의 텅 빈 몸통을 들이받았다. 물러나던 중이라 위력이 줄었지만, 엄청난 기세로 날아갔다.

"뭐, 뭐야, 저 녀석은……?"

지면에 쓰러진 렌지가 자세를 고치고 곁에 있던 알레인에게 물었다.

"핫, 너를 이긴 단장을 죽인 상대다."

알레인이 화가 치미는 눈으로 리오를 보며 대답했다.

"……뭐?"

렌지의 눈이 흔들렸다.

"일단 장벽을 해제해도 괜찮습니다. 밖에 있는 적에 주의하며 문 아래로 숨으세요."

리오가 렌지와 알레인을 응시하며 문 앞을 가로막고 뒤에 있는 왕녀들에게 지시했다. 그리고 무슨 일이 일어나도 대처할 수 있게 검에 마력을 실었다.

"네."

대답과 함께 크리스티나와 플로라가 전개한 마력 장벽이 사라졌다.

"분하지만, 괴물같이 강해. 실비 왕녀도, 에스텔 왕녀도 지키지 못하는 너와는 아주 다르지?"

알레인이 비웃으며 렌지에게 말했다.

"……닥쳐."

렌지가 알레인을 무섭게 노려봤다.

그리고 앞에 있는 리오를 노려봤다.

'……용병들은 그렇다 치고, 왜 용사가 저렇게 적의를 보이지? 조금 알아볼까.'

의아해하던 리오가 결심했다.

"……당신은 루비아 왕국의 용사입니까?"

렌지를 보며 질문했다.

과연 대답할는지…….

"흥."

렌지는 불쾌해하며 콧방귀만 뀌었다.

"어제는 말씀드리지 못했지만, 여기 계신 두 분은 벨트람 왕국의 왕녀이신 크리스티나 님과 플로라 님입니다. 두 분의 정체를 알고 공격한다고 봐도 되겠습니까?"

리오가 성벽 한쪽에 숨은 대관 마르코를 보며 물었다. 전투 중 알레인이 크리스티나와 플로라를 보고 왕녀라고 했으니 알레인 일당에게 협력하는 이 요새 병사들도 안다고 생각했다.

"으......."

마르코는 공포로 얼굴을 일그러뜨리며 입을 열려고 했다. 그러나 그 전에 리오가 선 요새 안뜰에 수많은 공격 마법이 쏟아졌다.

"......"

리오는 재빨리 검을 휘둘러 바람을 방출해 공격 마법을 상쇄했다. 밝아진 시야에는 그리핀을 탄 여성 기사들이 있었다.

'......저 사람, 어디서 봤는데?'

리오는 그중 한 명, 가장 화려한 기사를 보고 기시감을 느꼈다. 낯이 익은 게 당연했다. 가르아크 왕국이 개최한 연회에서 본 사람이었다. 그렇다. 그리핀을 탄 사람은 루비아 왕국의 제1 왕녀 실비였다.

"말도 안 돼...... 이 공격을 막다니."

실비는 눈을 동그랗게 뜨고 지상에 선 리오를 내려다보며 놀란 얼굴로 입을 움직였다.

"아, 아마카와 경. 저 그리핀을 탄 부대가 든 깃발, 루비아 왕국 왕가의 문장입니다! 그리고 저 사람은 실비 왕녀입니다!"

문 아래에 있던 크리스티나가 그리핀을 가리키며 외쳤다.

'그렇다면 이 상황은 역시 루비아 왕국도 관여했어. 저 용병 3인조가 있으니 프로키시아 제국과도 관계가 있나?'

리오는 순식간에 거기까지 생각을 굴렸다.

"전원, 상공에서 총공격! 어떻게 해서든 저 남자를 죽여라!"

실비가 검으로 리오를 가리키며 주위에 비행하는 그리핀 부대에 명령했다. 그 직후, 실비의 검에서 마력 광선이 발사됐다.

그리핀을 탄 다른 기사들도 공격 주문을 써서 리오를 폭격하기 시작했다.

'기사가 탄 그리핀이 열 몇 마리. 못 쓰러뜨릴 것도 없지만, 죽을 수도 있어. 상대가 왕족이라 섣불리 반격하면 나중에 귀찮아지려나? 그렇다면…….'

지금이 물러날 때였다.

"크리스티나 님, 플로라 님, 퇴각합니다! 신호하면 제게 매달리세요. 아시겠습니까?"

리오가 멈춰 서서 쏟아지는 공격 마법을 전부 검으로 쳐내며 호위 대상인 두 왕녀에게 지시했다.

"네, 네!"

뒤에 있는 두 사람이 대답했다. 한편.

"뭐, 뭐야, 저 남자는, 정말……. 여기서 저 남자를 죽이면 에스텔이 돌아오는데, 크윽."

실비는 얼굴을 경련하며 지상에 있는 리오를 내려다보았다. 치명적인 공격만 쓰는데 리오가 검을 휘두를 때마다 마법이 날아갔다. 보이지 않는 바람의 결계라도 있는 듯이.

"하아아아앗!"

렌지가 기합을 지르며 10여 미터 떨어진 위치에서 리오를 향해 신장인 할버드를 휘둘렀다. 지면이 얼어붙을 정도로 강력한 냉기가 뿜어져 나왔다.

"아마카와 경!"

크리스티나가 위험을 감지하고 외쳤다. 냉기가 상공에서 쏟아지는 공격에 집중하는 리오를 덮쳤다.

리오는 검에 두른 폭풍을 해방하며 수직으로 내리쳐 렌지가 쏜 냉기를 박살 냈다. 냉기가 확산하며 안뜰을 휩쓸었다.

"으악?!"

성벽에 있던 병사들이 날아갈 뻔했다.

"큭……."

안뜰에 있던 렌지와 알레인도 바람에 휩쓸릴 뻔했다. 그 자리에 버티는 게 고작이었다. 무사한 건 상공에 있는 그리핀 부대뿐이었지만, 안뜰의 참상을 보고 동요했다.

"뭐, 뭐 하는 거냐! 공격을 늦추지 마라! 쏴라!"

실비가 제일 먼저 정신을 차리고 주위에 지시를 내렸다. 그리핀을 탄 기사들이 주문을 외우고 마법진을 전개했다.

리오도 머리 위로 검을 향하고 10여 개의 빛을 만들어 기사들이 주문을 완창하기 전에 발사했다.

"크악?!"

모든 빛의 궤도를 조종해 실비를 제외한 기사들이 탄 그리핀에 정확히 맞혔다.

다른 중요 인물이 있을 가능성을 고려해 위력을 줄였지만, 그리핀들이 자세를 유지하고 비행하기는 불가능했는지 지상으로 비틀비틀 내려왔다.

"지금입니다! 제게 오세요!"

리오가 그 틈을 노려 크리스티나와 플로라를 향해 외쳤다.

"가자, 플로라!" "네!"

두 왕녀가 서둘러 리오에게 달려가 그를 꼭 끌어안았다.

"평소보다 꽉 잡으세요!"

리오가 미리 경고하고 오른손에 쥔 검을 매개로 바람의 정령술을 발동했다. 폭풍으로 그들을 억지로 밀어 올리고 위를 향해 급가속했다.

"꺅!"

강한 가속 반동에 놀랐는지 크리스티나와 플로라가 당황해서 더 세게 매달렸다. 순식간에 실비를 지나쳐 위로 올라갈 정도였다. 실비가 탄 그리핀이 놀라서 공중에서 자세를 흐트러뜨렸다.

"무, 무슨?!"

실비도 당황해서 머리 위를 올려다보았다.

리오는 실비보다 수십 미터 위로 상승해 그대로 속도를 올려 남동쪽으로 도망쳤다.

정령환상기

【 막간 】 ❈ 유그노 공작의 우울

가르아크 왕성.

리오 일행이 루비아 왕국 요새에서 습격당한 지 나흘이 지나고 크리스티나와 플로라가 실종된 지 열흘째가 된 날의 일이었다.

마침 리제롯테가 사자로 방문한 로아나와 함께 마도선을 타고 히로아키와 맞선을 보기 위해 아망드로 출발했을 무렵.

'……조금 전에 로아나 양이 연락했다. 몇 시간 후에 리제롯테 양이 가르아크 왕국에 도착한다. 드디어. 드디어…….'

유그노 공작은 방에 혼자 틀어박혀 소파에 앉았다. 마음을 가라앉히기 위해 심호흡했다.

웬일로 긴장했다. 그도 그럴 것이 이 혼담의 성사 여부에 레스토라시온만이 아니라 유그노 공작의 운명도 걸렸다.

'어떻게 맞선자리는 만들었지만…….'

솔직히 상황이 좋지 않았다.

'프랑수아 국왕 폐하의 협조를 받았지만, 그것도 맞선자리를 만드는 데까지다. 리제롯테 양에게 혼인을 강요할 수는 없다고 못을 박았어.'

가르아크 왕국에 레스토라시온이라는 조직은 귀한 방파제였다. 따라서 프랑수아는 제3 왕녀인 로잘리를 히로아키의 약혼자로 보내기로 했다. 다르게 말하면 레스토라시온을 위해 자신의 딸에게 혼인을 강요했다.

하지만 가신의 딸인 리제롯테 크레티아에게는 레스토라시온을 위한 일이어도 혼인을 강요할 수 없다고 했다. 그 말은 곧, 프랑수아가 자신의 딸보다 리제롯테를 중요시한다는 뜻이었다.

'당연해. 왕권으로 억지로 명령할 수도 있지만, 그러면 리제롯테 양의 반감을 산다. 리제롯테 양을 쳐내면 리카상회까지 쳐내게 된다. 그렇게 되면 가르아크 왕국의 경제에도 영향을 줄 테지.'

그리고 리제롯테는 용사인 사츠키와도 사이가 좋다고 언뜻 들었다. 아무리 프랑수아라도 강하게 밀어붙이지 못할 만도 했다.

'레스토라시온의 상황과 용사 히로아키 님의 체면을 봐서 맞선 주선에 협조해준 것만 해도 감지덕지다. 리제롯테 양에게 맞선을 거절해도 된다고 적극적으로 말하지 않겠다고도 약속했다. 이제 히로아키 님의 대시와 리제롯테 양의 대답에 달렸다. 하지만………'

프랑수아의 명으로 리제롯테에게 혼인을 강요할 수 있었다면 쉬웠겠지만, 그럴 수 없었다. 그래서 차선책으로 맞선을 주선했지만, 유그노 공작의 표정은 우울했다.

'리제롯테 양이 히로아키 님이 용사라는 것을 얼마나 중요시하느냐에 달렸지만, 솔직히 어렵겠지.'

유그노 공작이 얼추 예상했다. 히로아키가 리제롯테에게 집착했고 잘하면 가능성이 있을지도 모른다는 생각에 관찰해봐서 예상할 수 있었다.

'리제롯테 양은 귀족 영애지만, 이익을 따라 움직이는 상인이기도 하다. 그녀가 혼인의 자유를 요구한 것은 자기 자신이야말로 최고의 자산이라는 것을 알기 때문이다. 크리스티나 왕녀와 플로라 왕녀가 있어서 조직이 완벽한 상태였더라면 모를까, 나도 지금의 레스토라시온에 그녀가 끌릴 만한 매력이 있다고 생각하지 않아.'

유그노 공작의 분석은 거의 정확했다. 리제롯테가 평범한 소녀로서 혼인을 원할 가능성을 제외한 점만 빼면. 지금 상황에는 별거 아닌 오차이긴 하지만······.

지금의 레스토라시온은 가르아크 왕국에 도움받는 상황이었다. 리카 상회에도 자금과 물자를 지원받고 있으니 리제롯테는 레스토라시온의 내정에 정통했다. 크리스티나와 플로라가 실종된 악영향도 잘 알 터였다. 히로아키가 로잘리와 혼인해도 레스토라시온의 악영향이 완전히 사라지지 않는다는 것도······.

'혼담이 깨졌을 때도 생각해야 하는데······.'

유그노 공작은 히로아키가 로잘리와 약혼하는 데 제시한 조건을 떠올렸다. 즉, 리제롯테를 제3 부인으로 맞이하는 것이었다.

'이건 실제로 거절당해봐야만 히로아키 님 어떻게 나올

지 알 수 있겠군. 과연 어떻게 되는지…….'

상상하기만 해도 머리가 아팠다.

'하지만 리제롯테 양과 혼담이 깨져도 히로아키 님은 로잘리 님과 혼인해야 한다.'

그러지 못하면 레스토라시온이라는 조직은 끝이었다. 그렇게 되지 않도록 어떻게 해야 하나? 유그노 공작은 부담감과 싸우며 리제롯테가 도착하기를 기다렸다.

【 제 6 장 】 ❀ 귀환

가르아크 왕국. 크리스티나와 플로라가 실종된 지 열흘째인 날의 오후.

리제롯테는 히로아키와의 약혼을 타진하러 온 사자 로아나와 함께 마도선을 타고 아망드에서 왕도 가르투크로 왔다.

왕도 항구에 도착해 마도선에서 내려 마차를 타고 성으로 갔다. 10분쯤 걸려 성터에 도착하자 거기서부터는 걸었다.

공작 영애 두 사람이 나란히 걷는 모습은 참으로 가련하고 동작도 세련됐다. 호위와 시종이 줄줄 따라다녀서 화려하고 눈에 띄었다.

"어머, 리제롯테 씨야."

"레스토라시온의 용사님과 약혼한다는 이야기, 정말인가 봐."

"리제롯테 씨가 맞선 본다는 소식은 몇 년 만에 듣는 것 같은데……."

"설마가 사실이 되려나?"

여기저기서 소문을 소곤대는 소리가 들렸다. 리제롯테가 히로아키와 맞선 본다는 이야기가 성에 퍼진 모양이었다.

리제롯테는 평소에 많은 맞선 요청을 받지만, 실제로 맞선을 본 적은 요 몇 년 동안 한 번도 없었다. 일이 바쁘다는 이유를 들어 전부 거절했기 때문이었다.

그런 리제롯테가 몇 년 만에 맞선을 본다. 게다가 상대는 용사인 히로아키. 맞선을 위해 일부러 성까지 온 걸 보니 설마가 사실이 되는 거 아닌가?

이런 식의 왠지 모를 거절하기 어려운 분위기가 감돌았다. 설마 거절하지는 않겠지, 라는 압박을 느꼈다.

'멋대로들 떠드는군.'

리제롯테는 남의 눈에도 아름답게 걸었지만, 발걸음이 무거웠다. 하지만 목적지는 점점 가까워졌고 곧 왕족 전용 응접실에 도착했다.

리제롯테와 로아나가 다가가자 응접실 앞에 서 있던 기사들이 말없이 문을 열었다.

"아망드에서 리제롯테 크레티아 님을 모셔왔습니다."

로아나가 먼저 들어가 아름답게 인사하고 보고했다.

"실례합니다."

리제롯테도 로아나에 이어 응접실로 들어가 깊게 허리 숙여 인사하고 고개를 들었다.

안에는 맞선 상대인 사카타 히로아키와 제1 부인 후보인 가르아크 왕국의 제3 왕녀 로잘리가 있었고 그 밖에 국왕 프랑수아와 리제롯테의 부모님인 크레티아 공작 부부, 유그노 공작까지 있었다.

'……다 모였네. 도착 인사만 올리고 끝나지 않을 줄은 알았지만, 이 자리에서 맞선을 보지는 않겠지?'

리제롯테가 응접실에 있는 사람들의 얼굴을 슬쩍 확인했다. 그러자 크레티아 공작 부부 맞은편 말석에 앉은 유그노 공작이 일어나서 로아나에게 다가왔다.

"고생했네, 로아나 양. 자, 자네는 히로아키 님 뒤에 있게나."

유그노 공작이 로아나를 격려했다.

"네."

로아나는 공손히 고개를 끄덕이고 히로아키가 앉은 상석 소파 뒤에 섰다. 히로아키 옆에는 제1 부인인 제3 왕녀 로잘리가 앉았다.

"잘 왔다, 리제롯테. 여기 앉도록 하지."

가르아크 국왕 프랑수아가 리제롯테에게 자기 옆에 앉으라고 권했다. 위치만 보면 히로아키 맞은편 자리였다.

"네."

리제롯테는 생긋 웃으며 고개를 끄덕이고 히로아키 맞은편에 있는 소파 앞에 서서 "실례합니다"라고 말하고 앉았다.

"리제롯테. 부른 당일에 아망드에서 오다니, 미안하구나."

지금 이 자리에서 가장 손해 보는 사람이 리제롯테이기 때문일까. 프랑수아가 미안해하며 그녀에게 사과했다. 왕이 사과하는 일은 거의 없어서 말에 제법 무게가 있었다.

"아닙니다. 기다리시게 할 수는 없으니까요. 덕분에 오랜만에 아버님과 어머님을 뵙습니다."

리제롯테가 사근사근하게 말하며 고개를 젓고 부모님을 보았다. 두 사람은 조금 난처하게 리제롯테를 바라보았다.

"자, 관계자가 모였으니 본론으로 들어갈까. 오늘 우리가 이 자리에 모인 것은 다름 아닌 히로아키 공과 리제롯테의 맞선을 진행하기 위해서다. 혼담이 성사되면 양가……아니, 히로아키 공은 조금 특수한 상황이군."

프랑수아가 히로아키와 유그노 공작을 보았다.

히로아키는 가문이 없어서 레스토라시온이라는 조직을 대표해 유그노 공작이 후견인을 맡았다.

"만약 혼담이 성사되면 히로아키 공의 후견 조직인 레스토라시온과 크레티아 공작가의 사이가 공고해진다. 양자의 영향력을 생각하면 혼담 성사 여부와 상관없이 정치적으로 큰 의미를 가질 것으로 예상되므로 짐이 주선자가 되기로 했다. 크레티아 공작가와 레스토라시온은 가르아크 왕국에 없어서 안 될 존재다. 설령 어떤 결과가 나오든 짐은 둘의 사이가 원만하기를 바란다는 것을 기억해주길 바라네. 알겠는가?"

프랑수아가 양가라는 말을 정정하고 주선자로서 인사했다. 그는 사람들의 얼굴을 둘러보며 거듭 주의시켰다.

"그럼 어떻게 하겠나? 사정이 사정이니만큼 사실은 이야기가 급하다. 관계자가 모두 모였으니 리제롯테만 괜찮다면 바로 맞선을 볼 수도 있다만……."

리제롯테를 보고 대답을 요구했다.

"저는 전혀 상관없습니다. 답을 정하고 왔으니까요."

리제롯테가 결연하게 대답했다.

"……알겠다. 처음 만나는 사이면 관계자가 동석한 자리에서 맞선을 시작해 서로를 알아가는 게 통상적이지만, 히로아키 공과 리제롯테는 여러 번 만난 사이라고 들었다. 우리 앞에서 터놓고 말하기 어려운 이야기도 있을 테지. 공중정원을 개방할 테니 둘이서 산책이라도 해보겠는가?"

프랑수아가 히로아키와 리제롯테를 보고 제안했다.

"아, 뭐, 그렇지. 사람이 이렇게 많이 모여서 답답하던 참이었어. 모처럼인데 둘이서 이야기해볼까? 리제롯테."

히로아키가 살짝 부끄러워하며 입을 열더니 연기하는 것처럼 리제롯테의 의향을 물었다.

'……본인이 이 상황을 요청했구나.'

리제롯테는 곧바로 상황을 파악하고 짧게 대답했다.

"네."

◇ ◇ ◇

히로아키는 리제롯테와 함께 가르아크 왕국의 공중정원으로 이동했다. 호위 없이 단 둘만 있는 상황이었다.

"아, 가르아크 성에 이런 곳이 있었구나. 제법 멋진데. 안 그래? 리제롯테."

히로아키는 앞서 걸으며 어깨 너머로 뒤따라 걷는 리제

롯테에게 말했다.

"평소에는 왕족분이 있으셔야지만 이용할 수 있는 곳이니까요. 저도 자주 와보지 못했습니다."

"오, 그렇구나."

히로아키가 맞장구쳤다.

"……."

대화는 더 이어지지 않았다.

'아, 이런. 긴장된다. 아니, 긴장했어. 이 세계에 와서 가장 긴장했어.'

히로아키는 초조했다.

리제롯테와 단둘이 있게 되어 이런 적은 처음일 정도로 초조했다. 며칠 전에 로다니아에서 유그노 공작과 나눴던 대화가 생각났다.

————내가 교섭하는 것도 뭐, 좀 그러니까 교섭은 그쪽한테 맡기고…….

————제3 부인으로 리제롯테를 들이고 싶어.

————해줄 수 있어?

로잘리, 로아나와의 약혼 이야기가 나왔을 때, 히로아키가 두 사람과 약혼하는 대신 유그노 공작에게 제시한 조건이었다.

유그노 공작은 매우 신속하게 가르아크 왕국과 교섭해 리제롯테와 맞선 약속을 잡았다. 그리고 오늘에 이르렀다.

'리제롯테가 일을 핑계로 모두 혼담을 거절하고 님에세

맞선을 요청한 적도 없다는 말을 들었을 때는 할 수 있을지 의심스러웠는데……. 역시 유그노 공작은 대단해. 정말 대단해.'

히로아키가 유그노 공작의 수완을 높이 평가했다. 다만, 이 맞선에 아무런 문제가 없지는 않았다. 유그노 공작은 맞선 주선만 성공했다.

'대답을 끌어내는 건 나에게 달렸어. 내가 고백하기 싫어서 유그노 공작에게 말한 건데……. 나는 승률 높은 싸움만 한다고, 젠장…….'

히로아키는 지금까지 승산 백 퍼센트의 맞선만 봐왔다. 수동적인 태도로 일관하며 상대 쪽에서 밀어붙이는 맞선만 봤다. 따라서 자기가 좋아하는 상대에게 어필하는 경험이 치명적으로 부족했다.

'평소에 맞선 볼 때 무슨 이야기를 했더라? 시간이 없어.'

머리 회전이 느려졌는지 화제가 떠오르지 않았다.

'그런데 오늘은 리제롯테도 말이 없네. 어, 잠깐만. 리제롯테도 긴장했나? 그렇다면…….'

————나한테 마음이 있는 거 아니야? 라고 생각한 순간, 히로아키는 기분 좋게 입꼬리를 올렸다.

'아, 뭐야, 그런 거였어? 생각해 보니 맞선을 준비한 건 유그노 공작이지 내가 아니잖아. 지금은 서로의 마음을 전하지 않은 50 대 50인 상황인 거지. 유그노 공작은 맞선을 보지 않는 리제롯테를 자리로 끌고 나와 최고의 준비를 해줬어. 맞선자리에 나왔으니 최소한 가망은 있다고 유그노 공작도 말했고. 대화를 결혼하는 쪽으로 잘 끌어가려면 지금부터는 내 말주변에 달린 거나 다름없어.'

여기까지 와서 겁먹으면 어떡해? 히로아키가 자기 자신에게 말했다.

"아."

입을 열며 뒤로 돌자 살짝 고개를 갸웃거리고 쳐다보는 리제롯테와 눈이 마주쳤다.

'……무진장 귀엽네. 조용히 뒤를 따라오다니 너무 귀엽잖아. 꼭 결혼하고 만다.'

히로아키는 타고 난 긍정적인 마인드를 되찾았다.

"아, 미안. 갑자기 맞선 이야기가 나와서 놀랐지? **유그노 공작, 그놈이 무슨 일이 있어도 우리를 결혼시키고 싶은가 봐.**"

먼저 자신이 서 있는 위치부터 확실히 해야 했다. 그렇게 자신에게 유리한 상황을 만들었다.

————결혼하고 싶은 건 내가 아니야.

리제롯테와의 관계에 전제를 만들었다.

"……갑작스러워서 놀라긴 했습니다. 이 맞선은 유그노 공작이 주도했군요."

리제롯테가 자연스럽게 진실을 확인했다.

"응, 어."

히로아키가 모호하게 대답했다 무잘리, 로시니의 약혼

하는 조건으로 리제롯테를 제3 부인으로 삼겠다고 한 것이 다름 아닌 히로아키이기 때문이었다.

유그노 공작은 히로아키가 로잘리, 로아나와 약혼하기를 원하니까 리제롯테와 무슨 일이 있어도 결혼시키고 싶을 터였다. 유그노 공작이 맞선을 준비했으니까 사실과도 부합했다. 히로아키는 그렇게 생각했다.

"오늘은 이상하게 말수가 적네. 리제롯테도 긴장한 건가?"

히로아키가 이번에는 리제롯테가 서 있는 위치를 확실히 하려고 했다. 말수가 적은 건 히로아키도 마찬가지였지만, 무시했다.

"네? 아, 네. 그런가 보네요."

긴장했다기보다는 귀찮을 뿐이지만, 리제롯테는 고개를 끄덕였다.

"그렇구나, 긴장했구나."

히로아키는 흐흥, 하며 기분 좋게 웃었다.

'이거 완전 마음이 있네.'

리제롯테도 마음이 있다고 생각했기 때문이었다.

"그러고 보니 이렇게 단둘이 대화할 기회는 없었지? 항상 다른 녀석이 있을 때 만났으니까."

"……그러네요. 아망드에서 플로라 님, 로아나 님과 함께 식사하던 때가 그립습니다. 플로라 님 일은 정말 안타깝게 됐어요."

먼 곳을 보며 말한 리제롯테는 마도선 습격으로 실종된

플로라가 생각났는지 표정이 어두워졌다.

"응? 아, 뭐, 그렇지."

히로아키가 맞장구를 쳤다.

"……하나 여쭈겠습니다만, 로잘리 님이 용사님의 제1 부인이 된 후에 만약 플로라 님이 살아 돌아오시면 어떻게 하실 생각입니까?"

"아, 뭐, 그렇게 되면 로잘리와의 약혼이 없었던 일이 되지 않겠어?"

"약혼이 성립되고 대외적으로 공표되면 백지로 되돌리기 어렵습니다만……."

약혼을 발표한 귀족의 약혼이 나중에 취소된 선례가 없다고는 할 수 없지만, 체면 때문이었다. 약혼이 취소되면 본인이나 상대 집안에 무슨 문제가 있다고 소문내는 것이나 마찬가지였다.

물론 기존 약혼자가 살아있다고 판명되면 그런 풍문이 생기기 어렵지만, 그렇다고 해서 쉽게 정리되지도 않았다.

"오, 그럼 플로라가 제4 부인이 된다든가."

"공작가인 로아나 님이 제2 부인인데 왕족인 플로라 님이 밑에 계시긴 어렵습니다."

아예 그런 일이 없었다.

"음, 난 순위에 의미를 두고 싶지 않아. 이런 건 순위 변경도 안 돼?"

히로아키가 한숨을 내쉬며 물었다.

"흔하지는 않지만, 당사자의 가문끼리 합의하면 가능하기는 합니다."

대체로 순위가 내려가는 가문이 변경을 싫어하지만, 순위가 내려가는 이유가 합리적이면 이해하는 게 대부분이었다. 왕족에 충성심이 깊은 로아나라면 플로라와의 순위 변경을 승낙할 가능성이 컸다.

"그렇구나. 아, 그런데 그렇게 되면 제3 부인인 리제롯테도 순위 변경에 휘말리게 되나? 제2 부인인 로아나가 제3을 건너뛰고 제4 부인이 되는 건, 시끄럽게 구는 녀석이 생길 것 같고……."

히로아키가 리제롯테가 제3 부인이 되는 게 기정사실인 것처럼 말했다.

"……그럴 수도 있겠네요."

리제롯테는 잠시 말이 없다가 고개를 끄덕였다.

"역시 나는 순위로 격차를 두는 건 별로야. 제3 부인인 리제롯테가 로잘리나 로아나보다 부족한 대우를 받은 일은 없을 거야. 장담할게."

"용사님은 전례 없는 분이시군요."

리제롯테는 웃을 수밖에 없었다. 전례가 없어도 너무 없었다.

"용사님이라……."

히로아키가 한숨을 쉬더니 입을 다물고 뭔가 하고 싶은 말이 있는 것처럼 리제롯테를 바라보았다.

"왜 그러십니까?"

리제롯테가 고개를 갸웃거렸다.

"……저기, 리제롯테. 이제 비즈니스 관계는 졸업하자."

히로아키가 리제롯테를 응시하며 갑자기 그런 말을 꺼냈다.

"……비즈니스 관계요?"

갑작스러운 말에 혼란스러웠지만, 역시 리제롯테라고 해야 하나, 잠깐 뜸을 들여서 당황하지 않은 목소리로 되물었다.

"아니, 생각해 보니 리제롯테와 사적으로 만난 적이 없어서."

"그런가요?"

리제롯테의 기억에 의하면 딱히 볼일도 없는데 정기적으로 히로아키가 아망드를 찾아왔었다.

"날 항상 '용사님'이라고 부르잖아. '히로아키 님'이라고 이름으로 부른 적이 없어. 여태까지 나를 만날 때는 일이나 접대라고 생각하고 선을 긋는다고 생각했어. 알고 있었다고."

히로아키가 리제롯테의 얼굴을 빤히 쳐다보았다.

'어라, 그 정도는 알고 있었구나.'

리제롯테가 작게 감탄했다.

"네 프로 의식은 존경하지만, 계속 용사님은 좀? 약혼자가 된다면 더더욱 그렇고."

히로아키 님이라고 불러도 된다며 히로아키가 리제롯테에게 시선으로 호소했다.

"……그, 이걸 프러포즈라고 받아들여도 될까요?"

"어…… 아니?"

리제롯테가 묻자 히로아키가 눈을 굴리고 부정했다.

'응? 그럼 뭔데?'

리제롯테가 속으로 따졌다.

갑자기 소심해졌나?

"아, 그거야. 들었어. 네가 일을 핑계로 약혼을 거절해왔다고. 맡은 일이 많아서 바쁜 건 알지만, 그러면 업무와 상관없이 알고 지내는 남자가 거의 없지 않아?"

히로아키가 이어서 말하며 물었다.

"……말씀하신 대로입니다."

대단히 쓸데없는 참견이었지만, 리제롯테는 고개를 끄덕였다.

"결혼은 비즈니스로 하는 게 아니잖아. 네게 업무 외로 알고 지내는 남자가 필요하지 않나 싶었어. 그래서 나로 괜찮으면 비즈니스 관계를 졸업하자는 말이야. 네게 그럴 마음이 있다면……."

히로아키가 변명하듯이 말했다.

"그럴 마음이라 하심은 약혼을 전제로 사귀자는 말씀이십니까?"

히로아키가 너무 요령 없이 말했다고 해야 하나, 전제를 얼

버무리는 느낌이 들어서 리제롯테가 구체적으로 추궁했다.

"응. 네가 일이 바빠서 당장 결혼할 수 없다면 약혼만 하고 혼인은 나중에 해도 난 상관없어. 네게 달렸어."

히로아키는 리제롯테가 선택하도록 했다.

'설마, 내가 혼인을 원한다는 식으로 끌고 가려는 거야? 이 사람?'

리제롯테는 그제야 그 생각에 이르렀다.

만약 그렇다면……

"……그러십니까. 하지만 약혼이라고 해도 지금은 아직 결혼할 생각이 없습니다. 죄송합니다."

리제롯테는 확고하게 자기 생각을 주장했다. 히로아키도 알 수 있게 혼담을 거절했다.

"……그건 나와 약혼도, 결혼도 못 한다는 말이야?"

히로아키는 말을 잃을 뻔했지만, 조금 울컥해서 입을 내밀며 물었다.

"네. 현 상황에는 그럴 생각이 없습니다."

리제롯테가 똑 부러지게 대답했다.

"아, 그래……. 우리의 약혼을 기대하는 녀석들이 많으니까 그 녀석들에게 부응하는 편이 낫다고 생각했는데……."

이렇게까지 대놓고 거절하자 동요했는지 히로아키의 목소리가 떨렸다.

"그런 분이 계십니까?"

구체적으로 누구냐고 리제롯테가 차분하게 물었다.

"그야 가르아크 왕국과 레스토라시온 녀석들이지. 크리스티나와 플로라가 실종돼서 정세가 그러니까. 서로의 조직을 대표해 우리의 결혼으로 펼쳐질 미래도 있으니까."

히로아키가 가르아크 왕국과 레스토라시온 이야기를 꺼냈다.

"그건 공작 영애에 지나지 않은 제가 아니라 왕녀이신 로잘리 님과 용사님이 약혼하셔야 레스토라시온과 가르아크 왕국의 밝은 미래가 펼쳐질 겁니다."

그도 그럴 것이 용사와 왕녀의 약혼이었다. 공작 영애인 제3 부인과의 약혼보다 영향력이 클 게 당연했다.

리제롯테가 넌지시 주장했다.

"……그래. 그럼 이 맞선은 끝났군."

히로아키는 입을 다물고 시무룩한 표정으로 맞선 종료를 고했다. 리제롯테와의 맞선은 이렇게 실패를 맞이했다.

히로아키와 리제롯테는 맞선이 안 좋게 끝났다고 보고하기 위해 국왕 프랑수아와 유그노 공작이 기다리는 응접실로 돌아갔다.

결과를 보고하자 불편한 분위기가 감돌았다.

"뭐, 서로 연애 감정 없이 약혼하면 곤란하니까."

히로아키가 악에 받친 말투로 맞선이 안 좋게 끝난 이유를 짧게 말했다. 그러자 당황한 사람은 유그노 공작이었다. 리제롯테와의 약혼을 조건으로 내건 것은 히로아키였다. 로잘리, 로사▮▮의 약혼은 어떻게 할지 궁금해 미칠 것 같아서 지금 당장 캐묻고 싶은 표정으로 안절부절못했다.

"결실을 맺을 수 없다면 어쩔 수 없지. 자리를 파한다."

프랑수아가 분위기를 읽고 해산을 선언했다.

"히로아키 님, 잠시 괜찮으십니까? 로아나 양도 와주게. 로잘리 님, 나중에 인사드리겠습니다."

유그노 공작은 히로아키와 로아나를 데리고 재빨리 방을 나갔다.

◇ ◇ ◇

레스토라시온 사람들이 방을 나간 직후.

"로잘리, 너는 네 방으로 돌아가거라."

"네, 아버님."

아버지 프랑수아의 명에 제3 왕녀 로잘리가 방을 나갔다. 방에는 리제롯테와 부모님인 크레티아 공작 부부, 그리고 국왕 프랑수아가 남았다.

그때, 응접실 문 앞에 두 인물이 등장했다. 가르아크 왕국에 소환된 용사 스메라기 사츠키와 제2 왕녀 샤를로트 가르아크였다.

"이제 들어가도 됩니까?"

"기다리다 지쳤어요."

사츠키와 샤를로트가 말했다.

"기다리게 했군. 들어오게, 사츠키 공. 모두 앉지. 종자

들은 물러가라."

프랑수아가 사츠키와 샤를로트를 안으로 들이고 다시
소파에 앉았다. 그리고 방 안에 있는 종자들을 물렸다.

'무슨 은밀한 이야기라도 있나?'

리제롯테가 의아해했다.

"안녕, 리제롯테. 리제롯테네 집에서 식사 모임 한 이후
로 처음이네."

사츠키가 친근하게 말을 걸었다.

"네. 오랜만이에요, 사츠키 씨."

리제롯테가 후유 숨을 내쉬고 웃으며 대답했다.

"그 식사 모임은 저도 참석하고 싶었는데. 자, 사츠키
님, 여기 앉으세요."

샤를로트가 앙증맞게 뺨을 부풀리고 사츠키를 상석으로
안내했다. 두 사람이 들어오자 안에 있던 종자들이 나갔
다. 사츠키와 샤를로트가 의자에 앉자 크레티아 공작 부부
도 말석을 골라 앉았다.

"폐하. 용사님과의 혼담을 거절해서 정말 죄송합니다."

리제롯테가 일어서서 국왕 프랑수아에게 고개를 숙였다.

"신경 쓰지 마라. 그대는 약혼 상대를 마음대로 고를만한
공을 세웠다. 그 점은 짐도 인정했고 그대가 이 이야기를
거절하리라 예상했다. 허나 레스토라시온의 상황이 여러모
로 복잡해서 되도록 저쪽 의향을 따르며 맞선을 주선해야
했다. 거절하기 어려운 분위기를 느꼈겠지. 미안하구나."

프랑수아가 사과하고 귀찮은 한숨을 쉬었다.

"……아뇨, 각별한 배려에 감사할 따름입니다."

리제롯테는 그제야 안도의 한숨을 내쉬었다. 프랑수아와 부모님인 크레티아 공작 부부의 의향을 확인하기 어렵게, 리제롯테가 혼담을 거절하기 어렵게 꾸민 게 절절히 느껴졌다.

유그노 공작이 그렇게 되도록 프랑수아와 사전 협의했다고 예상했는데 프랑수아의 말에 예상이 확신으로 바뀌었다.

그리고 그것을 솔직하게 밝힌 것은 리제롯테가 혼담을 거절해도 문제가 없다는 뜻이었다.

"우리의 걱정은 기우로 끝났네요, 사츠키 님."

샤를로트가 웃으며 옆에 앉은 사츠키에게 말했다.

"그러게."

사츠키가 살짝 입을 내밀며 맞장구 쳤다.

"……두 분의 기우요?"

리제롯테가 고개를 갸웃거리며 물었다.

"결혼은 연애한 후에 하고 싶다는 게 리제롯테의 생각이 잖아? 그런데 맞선을 보고 약혼을 결정하면 그 생각을 버린다는 뜻이잖아. 나와 사츠키 님은 네가 억지로 약혼할까 봐 걱정했어."

"그, 그러셨군요……. 감사합니다."

리제롯테가 실그머니 뺨을 붉히고 감사를 표했다.

"안심해. 리제롯테가 저 남자와 억지로 약혼하게 되면 나도 용사의 권한을 써서 전력으로 방해할 생각이었으니까."

사츠키가 리제롯테에게 열렬히 호소했다.

"아, 아하하. 걱정이 기우로 끝나서 다행이네요."

그런 일이 벌어졌으면 엄청난 상태가 벌어졌겠다는 생각이 들어 리제롯테가 식은땀을 흘렸다. 프랑수아도 제정신이 아닐 터였다.

"적령기인데 약혼자를 찾을 생각이 없으니까 이런 문제가 생기는 거야, 리제롯테."

샤를로트가 울적한 한숨을 내쉬며 지적했다.

"리제롯테 정도 되면 어울리는 남자 찾기 쉽지 않을걸."

사츠키가 웃으며 거들었다.

"그, 그렇지 않아요……."

리제롯테가 쩔쩔맸다. 크레티아 공작 부부가 그런 딸을 신기하게 바라보았다. 왕녀와 용사 앞에서는 제 나이 또래 여자아이처럼 난처해하니 놀라울 따름이었다.

"어머, 리제롯테도 좋아할 만한 남자라고 하니 한 명이 떠오르네요."

누가 생각났는지 샤를로트의 표정이 짓궂어졌다.

그때였다.

"보, 보고! 보고드립니다! 실례하겠습니다!"

힘차게 방문을 두드리고 기사가 숨을 헐떡이며 문을 열고 나타났다.

"네 이놈! 대답도 듣지 않고 문을 열다니! 무슨 일이냐, 소란스럽다!"

프랑수아가 미간을 찌푸리며 화를 냈다.

"며, 명예기사, 아마카와 경이 왔습니다! 매, 매우 급하게, 알현을 요청했습니다!"

기사는 몹시 당황했지만, 프랑수아에게 혼나고도 신경 쓰지 않고 보고했다.

"하루토가? 그 녀석이라면 괜찮다. 여기로 데려오도록. 왜 그렇게 안달하는 거냐?"

"그, 그것이, 저, 동행하신 분들이……."

엄청난 기세로 달려왔는지 기사는 숨이 넘어갈 것 같았다.

"무엇이냐? 진정하고 말하라. 동행인이 어째?"

프랑수아가 불쾌한 음색으로 물었다.

"벨트람 왕국 제1 왕녀 크리스티나 님, 제2 왕녀 플로라 님을 모셔왔습니다."

기사가 실종된 두 왕녀의 생존을 보고했다.

"……뭐?"

그 프랑수아도, 그리고 이 자리에 있는 전원이 깜짝 놀란 순간이었다.

【 에필로그 】 ❈ 사카타의 결단

리제롯테와 맞선이 안 좋게 끝나고…….

히로아키는 응접실을 나가 리제롯테 앞에서는 억눌렀던 분노를 발산하듯이 성큼성큼 걸었다. 발걸음이 빨랐다.

"히, 히로아키 님, 기다려주세요! 어디 가십니까?"

로아나가 잰걸음으로 쫓아와 히로아키에게 말을 걸었다.

"방으로 돌아간다. 잠깐 혼자 있게 해줘. 이야기는 나중에 해."

로아나의 말에 대답은 했지만, 앞만 쳐다봤다. 유그노 공작도 히로아키를 빠른 걸음으로 따라갔다.

'로아나 양도 가까이 두지 않는다니, 기분이 많이 상했군. 로잘리 님과의 혼인 이야기를 꺼낼 분위기가 아니야. 로잘리 님과의 약혼을 어떻게 할 건지 만이라도 묻고 싶은데…….'

이 상태로는 무리였다. 유그노 공작이 애타게 생각했다. 히로아키에게서 자포자기하고 이상한 말을 할 것 같은 위태로움을 느꼈다.

허세 부리느라 화나지 않은 척했지만, 다 티가 나서 몹시 화난 게 보였다.

실제로도 그러했다.

'아, 진짜 맥빠져. 처음부터 나와 약혼할 생각도 없었으면서 착각하게 마음 있는 척하다니…….'

히로아키는 리제롯테에게 앙심을 쌓았다.

'아, 진짜, 앞으로 어떡하지? 리제롯테와 약혼하는 조건으로 로잘리와 약혼을 승낙했는데…….'

히로아키와 로잘리의 혼담은 아직 내부에서만 오갔다. 아직 정식으로 공표하지 않아서 그냥 물리려면 언제든지 없던 일로 할 수 있는 상황이었다.

'리제롯테와의 혼담을 조건으로 로잘리와의 약혼을 받아들였어. 하지만 이제 로잘리와의 약혼을 없었던 일로 하면 리제롯테 일 때문이라고 생각할 게 분명해. 진짜 맥빠진다.'

제 목을 조른 격이었다. 의도와 완전히 반대로 됐다. 히로아키는 빠르게 걸으며 혀를 찼다.

로잘리가 싫지는 않았다. 열세 살이라는 나이가 어리게 느껴질 뿐, 크면 예쁠 것 같았다. 그래서 약혼 자체에는 불만이 없었다.

하지만 석연치 않아서 히로아키의 짜증만 더 커졌다.

'아, 지구로 돌아가고 싶어졌어. 돌아가서 게임하고 싶어. 어디서 뛰어내리면 지구로 전생하지 않을까?'

히로아키는 통로에서 보이는 안뜰을 내려다보았다. 그곳에 보라색 머리카락의 낯익은 소녀들이 있었다.

"……어?"

히로아키는 우뚝 멈춰서 안뜰을 거니는 두 사람을 응시했다. 아니, 세 사람이었다. 두 사람 사이에는 회색 머리카락의 소년이 있었다. 티오였다.

"······살아있잖아."

히로아키가 중얼거렸다. 로아나와 유그노 공작도 안뜰에 있는 두 사람을 알아봤다.

"크리스티나 님과 플로라 님?!"

히로아키 옆에 있던 로아나가 깜짝 놀랐다.

"하, 하하하······."

유그노 공작이 보기 드물게 넋이 나가 꾸며내지 않은 웃음을 흘렸다. 크리스티나와 플로라가 살아있으니 히로아키와 로잘리의 혼담으로 골머리 썩을 필요가 없어져서 안도했다.

"뵈, 뵈러 가야······! 유그노 공작님, 히로아키 님, 가시죠!"

"음."

로아나와 유그노 공작이 서둘러 왔던 길을 돌아가려고 했다.

"응? 어."

히로아키는 건성으로 대답하고 두 사람의 뒷모습을 지켜봤다. 그리고 안뜰을 지나 리오와 함께 성안을 걷는 크리스티나와 플로라를 보았다. 두 왕녀가 살아있다는 것을 알아도 이상하게 기쁘지 않았다.

'뭐, 상관없지만······. 왜 저 녀석과 같이 있지?'

히로아키의 가슴속에 조용히, 뜨겁게, 그러나 차가운 색을 띤 무언가가 타올랐다. 크리스티나와 플로라가 히로아키도 본 적 없는 즐거운 표정을 짓고 있어서, 자신과 함께 있을 때보다 가까이 걷는 듯이 보이는 게 왠지 마음에 들지 않았다.

"흐음, 살아있었구나……. 그 말은 그러니까 또 플로라가 제1 부인으로 부활하는 거?"

그리고 무슨 생각을 했는지…… 잠시 뒤.

"……정했어. 난 로잘리와 약혼한다."

히로아키가 담담하게 그러나 악에 받친 듯이 중얼거렸다.

◤ 후기 ◢ ✲

여러분, 안녕하세요. 키타야마 유리입니다. 『정령환상기 15. 용사의 광상곡』을 읽어주셔서 정말 감사합니다.

이번에는 지면 사정으로 후기가 1페이지뿐이니 우선 최우선 전달 사항부터. 캐치프레이즈 콘테스트 결과가 발표됐습니다.

최우수상으로 뽑힌 분의 캐치프레이즈를 띠지에 장식했습니다! 그 외 수상하신 분들의 캐치프레이즈도 후기 앞이나 뒤에 실을 예정이니 꼭 확인해주세요. 약 350개의 캐치프레이즈를 생각해주시고 많이 응모해주셔서 정말 감사합니다!

그리고 덕분에 『정령환상기』가 시리즈 누적 100만 부에 도달했습니다. 소설 본편은 복수가 끝나고 잠깐 쉬는 시간을 가진 다음에 온라인 버전과 다른 전개에 돌입하오니 16권도 기대해주시면 감사하겠습니다! 이번에는 이쯤에서 줄이겠습니다!

2019년 11월 초 키타야마 유리

정령환상기

정령환상기

16. 기사의 휴일

루비아 왕국에서 예기치 못하게 당한 습격에서 벗어나
무사히 왕녀 자매를 가르아크 왕성으로
데려온 리오.

복수를 마친 리오에게 휴식이 찾아온다.

그러자 샤를로트의 엉뚱한 퀘스트에
세리아와 미하루, 라티파까지
사츠키와 리제롯테, 그리고 왕녀 자매도 있는
가르아크 왕성에 모이게 되는데──.

여러분은 하루토 님과
무슨 사이가 되고 싶으신가요?

SEIREI GENSOUKI Vol.15

ⓒYuri Kitayama
Originally published in Japan in 2019 by HOBBY JAPAN CO., Ltd.
Korean translation rights ⓒ2021 by Somy Media, Inc.

정령환상기 15 —용사의 광상곡—

2021년 9월 15일 1판 2쇄 발행

저   자 키타야마 유리
일러스트 Riv
옮 긴 이 이은혜
발 행 인 유재옥
본 부 장 조병권
담당편집 정영길
편집 1 팀 이준환 박소연
편집 2 팀 정영길 김민지 조찬희
편집 3 팀 오준영 곽혜민 이해빈
편집 4 팀 성명신
디 자 인 김보라 서정원
라이츠담당 한주원 이다정
디 지 털 박상섭 이성호 최서윤
발 행 처 ㈜소미미디어
제 작 처 코리아피앤피
등   록 제2015-000008호
주   소 서울시 마포구 토정로 222, 403호 (신수동, 한국출판콘텐츠센터)
판   매 ㈜소미미디어
마 케 팅 한민지 정석준 최정연
물   류 허석용
전   화 편집부 (070)4164-3962, 3963 기획실 (02)567-3388
        판매 및 마케팅 (070)4165-6888 Fax (02)322-7665

ISBN 979-11-6611-661-2 (04830)
ISBN 979-11-6611-646-9 (세트)